AF187333

styxme
edition

Mara

Der gewisse Punkt

Wiebke Tasch

styxme edition

www.styxme.de

Impressum:
Wiebke Tasch
Glogauer Sr. 5
10999 Berlin

kontakt@styxme.de

ISBN: 9783750492646

Herstellung und Verlag: BoD- Books on Demand, Norderstedt

Inhalt

„Von einem gewissen Punkt gibt es keine Rückkehr mehr.

Dieser Punkt ist zu erreichen."

KAFKA

Mara's Normalität

Als ich Mara kennenlernte, konnte ich nicht erahnen wie es tatsächlich um sie tand. Ich sah nicht, welch eine Seele sich hinter ihrer freundlichen Fassade und diesem immerwährenden Lächeln verbarg.

Sie schien ganz normal und mir, als jemand der vollkommen zufrieden war. Die kleinen, ungereimten Charakterzüge wurden augenscheinlich so weit gebändigt, dass sie einem harmonischen Wesen mit der stabilen Persönlichkeit eines Menschen entsprachen, der ruhig in sich, dem jämmerlichen Treiben der Welt zu äugelt. Sie schien mir so, als würde jedermann sie lieben, als wäre sie in der Schulzeit stets zur Klassensprecherin gewählt, als behandelten sie ihre Eltern immerfort behütend und liebevoll als ihren ganzen Stolz. Ihre strahlenden und zuweilen hell leuchtenden Augen ließen darauf schließen.

Erst heute erkenne ich, dass dieses Funkeln nicht aus einer unbeirrten Lebensfreude quoll oder einer unerschöpflich frohen Quelle entsprang, sondern der vergebliche Versuch darstellte, die verwischten Tränen zu vertuschen.

Mara schien ein geradliniges und beständiges Leben zu führen, indem alles nach Plan lief und das keine größeren Überraschungen oder gar Schicksalsschläge bereithielt. Für mich war sie eben ganz normal. Soweit man Menschen in so hoffnungslos oberflächlichen Kategorien einreihen möchte: die der normalen Leben und unnormalen Lebensweisen. Und wenn ich es doch tue, so hätte ich Mara in ein stereotypisch normales Leben gezwängt, ohne auch nur eine gewisse Ahnung davon zu haben, wie sehr verschleiert mein doch getrübter Blick tatsächlich war.

Ein normales Leben bietet sich ganz oberflächlich und nur von außen betrachtet als ein solches dar, dass ständig einen stetigen Wandel in eine höhere Position vollzieht. Dieses Fortschreiten beginnt bereits sehr früh. Schon zu Schulzeiten werden wir ausgesiebt, in die Kinder, die was taugen und die, die scheitern werden. Wir schreiten zusammen empor, Stufe für Stufe, Klasse um Klasse, alle gemeinsam in der Grund- und Volksschule, dann einige in die Realschule und die Auserwählten bis hinauf zum Gymnasium.

Auch wenn wir es nicht zusammen tun, so ist doch unser Gang zunächst ansteigend. Vielleicht absolvieren wir eine Ausbildung oder immatrikulieren uns an einer Hochschule. Vielleicht sehnen wir uns nach dem Ruf der Ferne und beginnen eine Weltreise. Mit dem Reiseführer aus unserem Land verbringen wir dann die Nächte in Hostels, die darin empfohlen wurden, mit ebenfalls Leuten aus unserem Land, denn es scheint, als hätten all diese Leute aus unserem Land den gleichen Reiseführer.

Wir sprechen die Landessprache unserer besuchten Ferne nicht und lernen auch sonst kaum Einheimische kennen, außerhalb der Hotels, Eco-Lodges oder Gringo-Trails. Doch wir gehen ebenso betrunken in unsere Betten, wie wir zu Hause in unsere Betten gehen, nachdem wir in Bars unterwegs waren, die denen in der Heimat ebenso ähneln, wie abertausende Bars weltweit.

Wir verlieben uns das erste Mal, lieben noch einmal und vielleicht noch einmal und haben auch manchmal Herzschmerz, aber irgendwann heiraten wir dann, umsorgen unsere Kinder, arbeiten, spielen donnerstags Karten, schauen Sonntags Tatort, machen einen Fünfjahresplan, steigen fortan Stufe um Stufe die Karrieretreppe empor, Spross für Spross und dann ernten wir die Früchte unseres Tuns, gehen in den Ruhestand und blicken schlussendlich wehmütig zurück auf ein scheinbar individuelles und auf ein zweifellos individuell glückliches Leben, doch verglichen mit dem unnormalen Leben, auf ein ereignis- und belangloses Leben.

So richtet sich ein verträumt nostalgischer Blick zurück auf ein verklärtes Leben, das schon mehr oder minder so oder so ähnlich, schon Tausende Male so oder so in einer identischen Art oder in ähnlicher Weise gelebt wurde.

Ein nach dieser Einordnung entsprechend entgegengesetztes Leben, ein Leben, das einen sogenannten ungeraden Lebenslauf aufweist, entwertet zwar nicht ein sogenanntes normales Leben und es trachtet auch nicht danach „alles anders zu machen". Doch enthüllt es sich tatsächlich nicht in diesem der Norm entsprechenden und lückenlosen Lebenslaufleben.

Von der Oberfläche her gesehen, verläuft es auf ganz ähnlichen Bahnen. Doch bei genauerer Betrachtung werden die Details, auch die feinsten und allerkleinsten und selbst die gröbsten Nuancen, enorm verzerrt. Sie speisen sich aus völlig anderen Quellen und sind doch für den ungeübten Blick kaum auszumachen.

Während das normale Leben nach der Schule vorzugsweise auf eine Universität wechselt und dort einen seinen anerzogenen Neigungen entsprechenden Studiengang wählt oder eine seiner anerzogenen Neigungen entsprechende Ausbildungsstätte durchschreitet und den Wünschen anderer, meist Älteren und vermeintlich besser dem Leben gegenüber Bescheid Wissenden entspricht, bevorzugt das unnormale Leben erst einmal eine Auszeit.

Es braucht Luft von den sorgfältig verdunkelnden und bürgerlichen Konstrukten, die ihre Ansichten in die nahezu kleinsten Gucklöcher pressen. Es braucht eine Pause von den vielen gut gemeinten Ratschlägen, die doch schlussendlich nicht mit den eigenen Neigungen übereinstimmen oder gar einer anderen Perspektive auf das Dasein entsprechen.

Vielleicht geht das unnormale Leben auf Reisen. Wahrscheinlich geht es dann sogar in Gegenden, die nicht touristisch erschlossen sind. Es wird wohl in Betten schlafen, die in keinem Reiseführer stehen und daher an Orte gelangen, die nur Einheimische kennen und es erfährt von diesen Plätzen, da es zuvor die Sprache der Menschen dort lernte und niemals versuchte, diese rein auf Englisch zu belästigen.

Das unnormale Leben ist kein Massenmensch, das sich von einem normalen Leben zu einem nächsten normalen Leben stürzt, oder von einer Ansammlung des normalen Lebens zu der nächsten Ansammlung von normalen Leben hastet. Das unnormale Leben braucht Zeit der Gewöhnung. Zu viele und zu hektische Menschen verschrecken es. Während sich das normale Leben besonders wohl darin fühlt, von seinen eigenen Gedanken übertönt und von seinen Gefühlen abgelenkt zu werden, denn es scheint besonders hervorragend darin zu sein, sich möglichst mit vielen anderen normalen Leben zu übertönen und ablenken zu lassen. Die existenzielle Frage ist nur: Von was genau?

Das unnormale Leben ist in besonderer Weise gesondert, denn es ist kein Leben von der Stange. Aus diesem Grund verfällt es oft in Verlassenheit, denn es denkt und sieht und hört und begreift und resümiert und dann denkt es wieder nach über das Gesehene und Gehörte und Begriffene und wiederkehrend resümiert es darüber. Immer und immerfort begreift es und sieht und spürt es, diese kleinen, verzwickten und verzweigten Begebenheiten des Seins.

Um nicht ganz von dieser unendlichen Verkettung von Geschehnissen überrumpelt zu werden und die zahllos durchdringenden Feinheiten auszusondern und zu verstehen, braucht es Zeit. Zeit der Gewöhnung an das gewöhnlich Gesehene, erstickend Gefühlte und auch unerlaubt Gedachte. Hat es dagegen diese kostbaren Momente der Besinnung nicht, verkümmert es allmählich in dem Schatten der Normalität. Es erstickt dann förmlich durch die makabere Ablenkung seiner verschütteten Wirklichkeit und den absurden Übertönungen einer trivial musikalisch untermauerten Gleichheit des Tuns.

Das normale Leben sieht nichts Existenzielles, es hört kaum etwas Substanzielles, begreift nie zügig und vor allem niemals die wesentlichen Dinge und benötigt darum kaum Zeit der Gewöhnung, da es stets durch die trübende Zerstreuung von betäubenden Klangnuancen in eine Zweckentfremdung der eigenen Wahrhaftigkeit gestürzt wird und scheinbar freiwillig dort verharren bleibt.

Mara schien dieses normale Leben zu führen. Sie war freundlich und zuvorkommend, etwas schüchtern doch keineswegs verschreckt. Sie war hübsch, doch nicht klassisch schön und darum auch nicht wesentlich auffallend. Sie nahm all die vom Leben vorgeschriebenen Rollen ein: als geliebte Tochter, umsorgende und geschätzte Freundin, als erfolgreiche Studentin und gute Schwester. Sie trug das Bild einer herangehenden Frau nach außen, der alle Türen offen stehen und einer die genau weiß, wie sie diese zu öffnen hat.

Auf den ersten Blick lebte Mara dieses normale Leben, ein solches das auf den ersten Blick schon andere Tausende normale Leben vor ihr lebten und wie auch scheinbar Tausende ihr normales Leben im Hier und Jetzt leben und wie wohl noch

Tausende andere normale Leben in Zukunft ein normales Leben leben werden.

Aus diesen ersten Eindrücken heraus konnte ich nicht erahnen, an welchem Punkt sie tatsächlich stand oder bis zu welchem Punkt sie gehen würde. Erst später, als mir ihr gewisser Punkt klar wurde, sah ich diese vielen kleinen Punkte, auch Hinweise, die das sichtbar machten und mir zeigten, was Mara zu diesem gewissen Punkt trieb. Doch dieser gewisse Punkt ist nicht greifbar, nicht fest fixierbar. Das Gewisse an diesem Punkt zerstört den Stand des Punktes, lässt ihn schwimmen und darum schwammig werden.

Der gewisse Punkt entzieht sich jeder greifbaren Instanz. Das Gewisse lässt den Punkt verrutschen. So wie auch Mara verrutscht ist. Aus einem normalen Leben in ein unnormales Leben. Der gewisse Punkt schien sie aus einem festen Standpunkt zu verrücken. Sie wurde verrückt, von einem festen Punkt hin zum gewissen Punkt.

Heute, nachdem der gewisse Punkt längst überschritten wurde und gestern, als Mara noch das scheinbar normale Leben führte und dazwischen, als die unnormalen Punkte erreicht, und sie das unnormale Leben lebte und als die Übergänge des normalen Punktes zu den unnormalen Punkten und von den unnormalen Punkten zum gewissen Punkt überschritten wurden, verstehe ich diese Punkte erst durch mein eigenes Verrücken.

Ich sah mich selbst zu jener Zeit in einem unnormalen Leben gefangen, obwohl ich mich so sehr nach einer geordneten Normalität sehnte und eine gewisse Gewöhnlichkeit anstrebte. Diese versuchte ich akribisch nach außen hin zu erreichen, sodass ich es selbst beinahe glaubte. Doch irgendwann, immer nach einer gewissen Zeit, mit all diesen flüchtigen Bekannten, die dann zu flüchtigen Freunden wurden, zerbrach diese von mir sorgfältig aufgebaute illusionierte Wirklichkeit und zurückblieb einzig meine verletzte Wahrheit und das unterdrückte Selbst, das mich nur im eigenen Schatten anderer Menschen gegenübertreten ließ.

***

Der normale Punkt in Maras normalen Leben waren Berlin und eine Wohnung in Neukölln. Der festeste der festen Punkte in ihrem normalen Leben war ihr Freund Moritz, mit dem sie dieses ganz normale Leben in einer fast unnormalen Wohnung führte. Der erste unnormal, sichtbar gewordene Punkt.

Während das Haus von außen wie Tausend andere normale Häuser in Berlin schien, so war dieses von innen und bei genauerer Betrachtung auch von außen unnormal. Das Haus, ein schmal gebauter unsanierter Altbau, dessen Mauerwerk rissig und dessen Dach extrem brüchig schien, stank unnormal. Der Putz bröckelte allmählich von den abgegriffenen Wänden, wie einst der Glanz dieses vergessenen Herrenhauses.

Schimmel und Dreck überfielen jede Ecke des Gebäudes und hinterließen einen unnormalen und entsetzlichen Gestank, der aus jedem Winkel kroch. Eine modrige Wolke aus abgestandener Luft stach allen entgegen, die das baufällige Gebäude betraten. Auch mir wurde schrecklich übel, als ich den fensterlosen, stickigen Flur das erste Mal durchschritt.

In diesem unnormalen Haus wohnten lediglich Studenten und Punks. Solche also, welche sich nichts Teures leisten konnten oder wollten und solche, die das Leben in diesen letzten alten, schäbigen Häusern Berlins schätzten und liebten oder niemals eine scheinbar normale Abneigung gegen latent strömenden Gestank und Ekel erweckenden Dreck entwickelten.

Mara und Moritz lebten hauptsächlich aus Geldnot dort und wegen der besonderen Lage, „sofort am Maibachufer und ziemlich schnell in der Hasenheide" wie sie mir gegenüber stets betonten. Der Staub und Schmutz wurde irgendwann zur Gewohnheit und fiel ihnen gar nicht mehr auf.

Das Haus war ungewöhnlich schmal gebaut, wodurch in jeder Etage nur Platz für eine Dreiraumwohnung bestand. Es gab zwei Toiletten, welche zwischen den Etagen umgeben von kaum schließbaren Türen und kalten Kacheln eine gewisse Tristesse aus einem anderen und längst verstaubten Jahrzehnt ausstrahlten. Doch eigentlich wurden diese überwiegend von den weiblichen Bewohnerinnen des Hauses benutzt, da die männlichen das Küchenbecken für ihre kleineren Entleerungen bevorzugten.

Freder, ein groß gewachsener, braunhaariger Mann mit ständigem Sieben-Tage-Bart lebte allein in der dritten Etage und war wohl auch der Einzige der Monate am Stück einem Beruf, mit geregelten Arbeitszeiten nachging.

Jeden Morgen pünktlich um neun schloss er die Wohnungstür ab und kehrte erst am späten Nachmittag zurück. Ich verstand nie, warum er sich nichts Besseres suchte, wo er es sich doch hätte leisten können. Er schloss mit einem Master der bildenden Künste an der UdK ab und verbrachte seine Tage seither in einer kleinen Kunst-Werbe-Firma. Obwohl, wie er selbst stets betonte, es keinen größeren Widerspruch gab, als den, der aus der unnormalen Zusammenfügung von Kunst und Werbung entspringt; also aus dem unkonventionellen Wesen des Schöpferischen und dem des kommerziellen Strebens ihrer Vermarktung. So beharrte er doch ausdauernd und beinahe starrköpfig darauf, diese Unvereinbarkeit hervorragend zu einem neuen Kunst-Konsens vereinen zu können.

Ich habe seine Arbeiten niemals gesehen, weshalb ich diese vehemente Verteidigung nicht beurteilen kann. Doch ganz unter uns, als ein solch scharf brillierender Verstand, der imstande wäre, diese Polaritäten zu einer neuen Kunstschönheit zu vereinen, schien er mir nie.

In der zweiten Etage lebten Karol, Klaus und Katharina. Die drei K's, wie wir sie liebevoll nannten. Sie waren Studenten und alle längst über die Regelstudienzeit hinaus. Man traf jeden von ihnen jeden zweiten Tag mit einer normalen Flasche Bier und gewöhnlich nie vor zwölf Uhr mittags.

Der damalige Initiator, Langzeitphilosophiestudent und immer lächelnde Lockenkopf Karol, der normalerweise nie zu Hause war, sondern unnormale Vorträge oder normale Weinlokale besuchte, wohnte seit der Gründung dort. Die anderen beiden Bewohner hausten mehr oder weniger unnormal seit etwa vier Jahren in der normalen Gemeinschaft.

Die etwas mollige Brünette Katharina, studierte Politik und Geschichte. Sie engagierte sich fortwährend in der normalen Hochschulpolitik und lebte in dem kleinsten Zimmer direkt neben der Küche. Katharina war eine unnormal groß gewachsene, autoritätseinflößende und etwas herrische Person, die doch auch liebevoll sein konnte, wenn sie denn wollte.

Klaus, ein aschblonder und manchmal unnormal zurückgezogener Mensch von normaler Größe, vergrub sich oft hinter seinem Schreibtisch. Es wusste nie jemand, mit was er sich normalerweise den ganzen Tag beschäftigte, wenn er eben nicht an der Uni war und seinen jährlich unnormal wechselnden Hauptfächern nachging.

Katharina vermutete, dass er ein unnormales Buch schrieb, Karol dagegen war der Meinung, es handle sich eher um normale Computerspiele. Ich denke, es waren wohl ganz normale Filme, nur zuweilen verbargen sich ein paar Unnormale unter ihnen. Klaus Schreibtisch stand jedenfalls so positioniert, dass niemand einen Blick auf sein unnormales Tun erhaschen oder ihn in seinem ganz normalen Treiben am Rechner fassen konnte.

So lebten diese Menschen ein normales Leben, mit zeitweilig unnormaler Beschäftigung in diesem für Berlin mittlerweile unnormalen Haus. Sie alle schienen mir, als hätten sie ihre festen Punkte in ihrem sicheren Leben erreicht. Ich traf nie jemanden wirklich verrückt aus ihrem normalen Leben mit ihren festen Punkten oder verrutscht in ein unnormales Leben zu einem gewissen unnormalen Punkt.

***

Mara und Moritz lebten in der ersten Etage. Alles in ihrer normalen Wohnung war unnormal bunt zusammengewürfelt. Nichts passte zum anderen, nichts schien Standard oder gewöhnlich. Die Zusammenstellung ihrer Möblierung glich nicht der, von der man sagen könne, es handle sich um eine normale Ausstattung, sondern eher einer solchen, die man als unnormal wild zusammengetragene Einrichtung bezeichnen würde.

Ein paar normale Möbel hatte Moritz von seiner Großmutter geerbt, die sich neben den normalen Billigkäufen von IKEA breitmachten. Ein paar Dinge stammten vom Sperrmüll und wurden planlos zusammengestellt mit den paar normalen Sachen, welche sie sich im Laufe der Jahre selbst kauften oder als Geschenke erhalten hatten.

Der Flur war lang und groß und unnormal gestreckt angeordnet mit Schränken, Schuhregalen und Kleiderständern, um so viel Raum wie möglich in den Zimmern nutzen zu können. Das größte Zimmer am Ende des Ganges war die Küche. Neben dem normalen Kühlschrank, der sich direkt links neben der Tür befand, hatte man die normale Waschmaschine aufgestellt. Diese stand dicht gefolgt von der unnormalen Duschkabine, der gegenüber sich wiederum das normale Abwaschbecken mit dazugehöriger normaler Arbeitsplatte positionierte. Der kreisrunde Tisch in der Mitte des Raumes und die Pflanzen auf den beiden Fensterbrettern harmonierten mehr oder weniger mit dem unnormalen orange-gelb-grünen Anstrich der Wände.

Dieser Raum bestand fast nur aus normalen Gegenständen, denn ein normaler Gegenstand in einer normalen Küche ist ein Kühlschrank und doch schien dieser normale Raum durch unnormale Gegenstände, denn ein unnormaler Gegenstand in einem normalen Raum wie einer Küche ist eine Dusche, in einen fast schon absurden Raum umgestaltet worden zu sein.

Das Wohnzimmer befand sich direkt neben der Eingangstür und auch hier passte kein Möbelstück zum anderen, wodurch diese Zusammenfügung von normalen Dingen zu einer unnormalen Ansammlung von absurden Gegenständen wurde.

Ein normaler Sessel in Grau, überragte das normale Sofa in Grün um einen halben Meter und war doch kleiner als der andere normale Sessel in Blau.

Der kleine normale Tisch stand auf unnormal wackligen Beinen und die normalen Regale beugten sich von dem Gewicht der Bücher so unnormal weit nach vorn, dass sie den Augenblick kurz vor einem Zusammenbruch festzuhalten schienen. Wie auch in der durch die unnormale Einrichtung unnormalen Küche, so sah sich dieses unnormale Zimmer durch die unnormale Zusammenstellung von normalen Möbelstücken, in einem Meer aus Pflanzen eingebettet.

Maras normaler Schreibtisch aus schwerem dunklen Holz, vermutlich aus den 1920er Jahren, stand der unnormalen Sitzecke gegenüber und führte ein Eigenleben aus Unterlagen, Kabeln, Büchern, alten schimmligen Kaffeetassen sowie Stiften, alten LCDs und ganz gewöhnlichen Büromaterialien.

Das Schlafzimmer bestand im Wesentlichen aus einer normalen, zwei Meter mal zwei Meter zwanzig großen Matratze, weißen Wänden und einem abermals unnormal wackligen Nachttisch.

Auch das kleine Zimmer, welches nur ein winziges Fenster besaß und sich neben der unnormalen Küche befand, war lediglich mit einer normalen Gästematratze ausgestattet, die normalerweise nur alle paar Monate jemand benutze. Ein schief stehender Wäscheständer, der nicht mehr zusammengefaltet werden konnte, gesellte sich direkt neben Moritz seinem normalen Arbeitsplatz.

Diese Ecke des Zimmers lag für die Wohnung unnormal wohlgeordnet, gleich neben der Tür und wartete scheinbar darauf, dass alles was es normal zu bearbeiten gab, auch normal verwaltet, sortiert, gekennzeichnet und dann wieder verstaut wurde. Doch eine unnormal und hauchdünne Staubschicht verriet, dass die normale Nutzung dieses Platzes, seit undefinierter Zeit wohl eine Seltenheit blieb.

Mara und Moritz studierten beide an der Humboldt Universität, sie Philosophie und Literatur und er Physik und Mathematik: ein scheinbar perfekt normales Leben. Mara und Moritz hatten durch ihre normalen Fächer an zwei verschiedenen, ihrer normalen Fakultät entsprechenden Institution, weniger Zeit füreinander und sahen sich folglich zunehmend seltener. Dazu hatten sie beide völlig unterschiedliche Tagesrhythmen entwickelt, was dem anderen gegenüber als unnormal, da genau entgegengesetzt erschien.

Während Moritz am Abend erst hinreichend aktiv zu werden schien und seine Energie normalerweise beim Ausgehen oder bei der Arbeit in der normalen Bar entlud, warf sich Mara völlig erschöpft in das unnormale Meer aus Sofakissen und erwartete sehnlichst einen harmonischen Ausklang des normalen Tages, friedlich und in Ruhe zu Hause.

Sie war eher die Frühaufsteherin und besuchte normalerweise Seminare und Vorlesungen am Vormittag, während ihr die Nachmittage dazu dienten in der Bibliothek zu verweilen, um dort alles für die Uni zu erledigen, was im Laufe des normalen Vormittags angefallen war. Moritz dagegen brauchte normalerweise bis ein Uhr Mittag, um ausreichend wach zu werden, was wiederum bedeutete, dass er normalerweise vor zwei Uhr nachts nichts von seinem normalen Tatendrang einbüßen konnte.

Ihr jeweiliges normales Studentenleben driftete so jeweils für den anderen, in ein jeweils unnormales Dasein ab. So lebten sie zwar zusammen in einem normalen Leben, doch lebten sie auch jeder für sich nebeneinander her, in einem für den anderen unnormalen Leben.

Diese verrutschten Leben eines zuvor gemeinsamen normalen Lebens, in ein nun einzelnes unnormales Leben führte zu einer mehr und mehr schweigsamen Interaktion und dies wiederum zu einem gegenseitigen Unverständnis gegenüber des als unnormal empfundenen Leben des Anderen.

Das allmählich unnormale Verrutschen bewirkte einen langsamen, aber stetig von neuem aufkeimenden und verhaltenen Groll, der sich erst zart und doch nach und nach fortsetzender und immer hartnäckiger und dann ganz klebrig, wie ein unnormal wabbliger Spross gegen das andere unnormale Leben - welches natürlich nur als ein unnormales Leben aus der eigenen Perspektive eines eigens gedacht normalen Lebens verstanden wurde - hegte und somit stetig und immer weiter wuchs.

Mara's Sinn

Donnerstag, 16. November
Wo ist eigentlich meine Kraft, meine Leidenschaft, mein
Tatendrang geblieben? Selbstzweifel hat mich
verweichlicht, zögernd und unsicher gemacht.

Nach Monaten des Nicht-Schreibens hatte Mara an diesem nebligen Novembertag ihre ersten greifbaren Gedanken festhalten können. Doch das Verfassen dieser Wortreihungen vereinnahmte sie in solchen Maßen, dass sie müde und unfähig mehr zu schreiben ihr Notizbuch, welches sie minutenlang in den Händen hielt, zur Seite legte.

Zwei Sätze hatte sie verfasst. Zwei Sätze in denen sie beschrieb, dass sie kraftlos sei, bevor sie kraftlos ihre Notizen beiseiteschob.

Der tieferliegende Sinn dieser Aussagen in den zwei Sätzen liegt nicht in den Aussagen selbst, sondern in der Tat, welche nach den getroffenen Aussagen getätigt wurde: das kraftlose Beiseiteschieben.

Diese Sätze sollten sinngemäß ein Inneres beschreiben und den Hauch einer Ahnung über Maras Befinden preisgeben, doch stehen die Wörter nur allein und ganz für sich da. Denn ohne den kraftlosen Akt, der darin nicht erkennbar wird, verfälscht seine Tatsächlichkeit. Wie so oft werden Ausschnitte als ein Ganzes wahrgenommen, während sich doch so viel mehr dahinter oder davor verbirgt, was für den flüchtigen Betrachter unentdeckt bleiben muss.

Vergessen sind auch die vielen zusammenhangslosen Wörter, die sich quer und wild durcheinander über die Seiten schmierten. Diese Begriffe, sie sich in pubertierender Sinnlosigkeit zu einer pseudohaften Wahrheit fügten, verblassen da sie zwischen Striche und Kreise ein absurdes Dasein quetschen.

Es fehlte einfach der Sinngehalt und Mara war unfähig, einen sinnenvollen Ausdruck zu fassen, um das beschreiben zu können, was in ihrem Inneren vorging oder welche Haltung ihr Geist einnahm. Denn ihre, Maras Gedanken schwirrten ziellos und es war, als schrie sie laut-los.

Eine unbestimmte Angst lähmte sie. Aus Ungeduld und trüben Voraussagungen kam ihr Kopf nicht zum Schweigen, während sie doch die ganze Zeit nichts sagte. Diese Gedanken schwirrten blitzartig durch einen verzerrten Raum, der zitternd das Beben der Unsicherheit spiegelte. Eine innere Unruhe trieb sie, Mara an sich mit unzähligen Dingen gleichzeitig zu beschäftigen, ohne auch nur bei einer Tätigkeit in die Tiefe gehen zu können oder auch nur eine weitere Minute haften zu bleiben.

Im Grunde wusste Mara nichts mit sich anzufangen. Gleichzeitig konnte sie, Mara sich das nicht eingestehen und floh stattdessen vor ihrem weichen Ich. Sie wollte, dass dieses mitleidende Selbst einfach aufhöre. Es sollte aufhören, ständig vor der Wirklichkeit verstecken zu spielen. Mit aller Macht wollte sie es ausmerzen, erstechen, beschimpfen und bespucken, ganz einfach erschlagen und endgültig vernichten. Doch damit fütterte sie ihren Zweifel lediglich mehr. Woher aber kam dieser? Warum fürchtete sich Mara so vor der Welt, dem Leben und dieser in ihr heranreifenden Persönlichkeit?

Ich wusste es nicht. Nie konnte ich mir erklären, warum sie ihre Zartheit so sehr ablehnte. Sie verkroch sich. Sie floh vor sich selbst. Sie rannte vor den Anderen davon, sie stahl sich dem Gegenüber weg und verbarg ihre Neugier vor der Fülle an Angeboten. Mara kapitulierte vor all denen die am lautesten „Ich" schrien. Sie wich den Selfies aus, sagte den tollen Reisen und Partys und Leuten ab und ging allen Mitmachenden aus dem Weg.

Sie hatte Angst, Angst zu versagen und letztendlich nicht mithalten zu können, trotz all der Möglichkeiten, die sie hätte ergreifen können und gerade wegen dieser Gelegenheiten, die sich ihr darboten. Es war einfach zu viel, es gab zu viele. Sie wusste nicht, was richtig ist, was passend war, was dem eigenen Selbst am besten entspräche. In diesem Sinne verkroch sie sich mehr und mehr.

Das Leben schien ihr sinnlos und die Gedanken, die sie, Mara einst so lebhaft antrieben, versickerten wie ein faulender Ast im nebligen Sumpf. Blass, lethargisch und einsam schloss sie sich in ihrer unnormalen Wohnung ein. Sie, Mara verweilte sinnlose Stunden im Internet, fern vom normalen Leben und selbst ihre Notizbücher blieben seit geraumer Zeit leer.

Es gab einfach nichts Sinnvolles in ihrem Leben, für das sie sich hätte aufrappeln können oder für das ein sinnhaftes Schreiben lohnenswert gewesen wäre. Es existierten schlicht keine sinnvollen Erlebnisse und es gab keine sinnhaften oder gar überraschenden Neuigkeiten und es bestanden auch keine sinnlichen, aus dem Nichts kommenden und scheinbar brillanten Gedanken, die wie ein Wunder einschlagen würden, wäre sie nur imstande gewesen, diese greifbar, erfahrbar und sinnvoll zu machen.

Selbst wenn ihr tatsächlich in Sekundenbruchteilen eine Idee in den Sinn gekommen wäre, zerriss sich diese beim Berühren des Stiftes in tausend kleinsten Sinnlosigkeiten und der noch eben erlebte sinnvolle Gedanke glitt in diese fesselnde Schwärze. Dann starrte sie auf das leere Blatt Papier und sie sah in eine Leere, die unendlich übergreifend alles in sich zusammenzog, bevor sie sich wieder dem Internet widmete und nicht mehr wusste, was sie zuvor noch tun wollte.

Maras Kopf war so schwerfällig wie ein in Beton gegossener Kübel. Sie wurde von dieser erdrückenden Leere umschlungen, die sich wie ein sinnlos zehrender Virus in der unnormalen Wohnung, in welcher sie eigentlich normal mit Moritz lebte, ausbreitete.

Für ihn, Moritz war sie ein unsinniges Rätsel geworden, und da er zu jeder Zeit vorschnell und ungeduldig handelte und da er, Moritz zu jeder Zeit vorschnell und ungeduldig dachte, hatte er sie, Mara aufgegeben.

Er hatte aufgegeben an sie sinnlich zu denken, wenn sie nicht da war und er hatte aufgegeben, sich nach ihren sinnlichen Lippen und nach ihren sinnhaften Liebkosungen zu sehnen. Er, Moritz hatte es aufgegeben ihr, Mara seine sehnlichste Aufmerksamkeit zu schenken und in diesem Sinne hatte er das sinnliche Verlangen sie zu erobern und sie vollends zu beeindrucken unterlassen.

Sein nun mehr sinnloses Interesse entsprang lediglich aus einer Art schlechtem Gewissen. Er suchte zwar einige sinnvoll gedachte, doch sinnlos verlaufende Gespräche, doch konnte Moritz sich Mara gegenüber nie so sinnhaft äußern, dass sie, Mara vom Hauch einer sinnvollen Ahnung gestreift wurde, wo tatsächlich der Sinn dieser Unterhaltung lag.

Da diese Annäherungen sinnlos blieben und sinngemäß nicht fruchteten, erschöpfte sich seine Empathie allmählich. Durch dieses schleichende Verebben seiner noch zuvor gefühlten Sinnhaftigkeit, ließ er, Moritz sie, Mara nach und nach und dann ganz allmählich und doch unwiderruflich los.

Kein Wort, kein Laut, kein Blick, kein Verstehen, kein Nicken, kein Wohlwollen war mehr zu vernehmen.

Moritz floh vor diesem Schweigen. Die wenigen Sätze, die sie noch tauschten, drehten sich meist um sinnentleerte und belanglose Dinge, denen beide keine wirkliche Bedeutung beimaßen.

So waren die sinnlosen Worte und diese sinnfreien Wortfetzen und die gutgemeinten Gespräche ohne Sinn, die sie tauschten, ebenso ohne Sinngehalt wie Maras damaligen Gedanken. Diese schwirrten ziellos durch einen auf das möglichste Minimum sinnfrei gepressten Raum und jeder sinnvoll gedachte Versuch diese zu greifen oder gar im Sinn zu verstehen, scheiterte an deren Flüchtigkeit. Eingeschränkt und begrenzt verzerrte sich ihr Verstand von einem einst freien Raum voller Sinngehalt, zu einem gepressten, sinnfreien Raum ohne Gehalt. Sie war, wie sie wirkte: gedrückt, verkrampft und jeglicher Leichtigkeit beraubt.

***

An jenem Abend, nach dem Tag als Mara die zwei Sätze schrieb, lag der Novemberdunst ruhig und still in einer friedlichen Aura der schlafenden Stadt.

Die Luft roch nach Regen und die Fenster waren von dieser Feuchtigkeit leicht beschlagen. Unten, vor der Tür, wurden Stimmen allmählich hörbar, die euphorisch hallend, über den weiteren Verlauf des Abends diskutierten. Die doppelt gerahmten Holzfenster vibrierten durch die vorbeifahrenden Straßenbahnen. Latente, doch leise Autofahrgeräusche und das Rütteln der vorbeifahrenden Straßenbahnen drangen durch die rissigen Fensterläden und schienen Mara in ihrem Dasein höhnisch entgegen zu lachen.

Das Leben entpuppte sich überall, aus jeder Ecke krochen langsam, aber mit stetig steigendem Schwung Erregung und Übermut. Sinnvoll schienen ihr damals diese Stimmen, die in Aufregung dem Abend entgegen schwärmten. Sie schienen ihr sinnvoll, da Maras bewusste Gedanken noch an diesem sinnlosen normalen Leben hingen, wie der Schleim an einem Laternenmast, während sich ihre unbewussten Gedanken bereits mit dieser Sinnlosigkeit, ja vielleicht sogar mit der sinnlosesten Art einem normalen Leben zu frönen, abfand.

Der Punkt zwischen den bewussten Gedanken und diesen unerkannt Unbewussten war gewiss zu diesem damals gegenwärtigen Augenblick kein fest erkennbarer Punkt, eher ein gewisser Unbewusster, den es erst bewusst zu machen galt, durch sinnvolle Zeit der Gewöhnung.

Die Dunkelheit im Sinne ihres Wesens, die mit ihrer Schwärze die Stadt zur Ruhe zwängen wollte, versagte. Sinnlose Hektik und sinnfreies Geschrei und unsinniger Gesang begannen zu herrschen. Aus jedem Winkel drang ein Sog der Nacht in die hitzigen Köpfe der Ausgehwilligen ein und dieser Drang trieb durch die Straßen, wie einst ein Heer zum Angriff. Überall wehte diese Brise des Übermuts, nur dort nicht, wo Mara sich befand. Sie war nirgends. Von der Menge umgeben und doch allein. Sie saß in einem Schlafzimmer aus klinisch weißen Wänden fest, in der Mitte ein Bett mit alter ausgewaschener blauer Bettwäsche.

Der Pappkasten mit Briefen aus früheren Korrespondenzen erinnerte sie an die längst erloschenen Stimmen. Selbst die Regale aus Spanplatten, die wacklig dem Boden entgegen sanken, schienen noch mehr Kraft zu besitzen, als sie es verspürte.

Solche Betrachtungen ihrer Umgebung endeten meist damit, dass sie müde den Blick aus dem Fenster richtete und den alten Baum anstarrte, der sich sanft mit dem Wind wog. Stets dieser leichten Bewegung der Krone folgend, sah sie die sinnlose Ewigkeit und stellte sich eine sinnvolle Endlichkeit vor. In diesem Wippen verstand sie die Zwänge, die das Leben auf und ab trieben, und wünschte sich die Freiheit eines bewusst sinnvollen Lebens.

Doch was ist tatsächlich diese absurde Freiheit, die sie sich so sehr ersehnte? Die Grenzen, die die Existenz so greifend umschließen durch alle festgelegten Normen und den still fesselnden Gesetzen dieser materiellen Gesellschaftsgebung, mit den anerzogen und vermeintlich bestens erdachten Rollen, in die jeder ohne Reflexion auf Sinnhaftigkeit gepresst wird, sind doch letztendlich die Ketten der Unfreiheit und erschaffen erst diesen Nebel aus zwanghaften Gedankengängen.

Eine sinnvoll zu erreichende Freiheit erschien ihr, Mara nur möglich in einer Bewusstwerdung der Unfreiheit durch sinnstiftende Reflexionen.

Mara dachte nach und ihre Spaziergänge durch die Gedanken endeten meist damit, dass sie fälschlicherweise annahm, das Leben findet nur da draußen statt und vergaß sie anscheinend.

Bereits weit nach Mitternacht und von mehr als acht Kissen umgeben, fand sie nie eine sie zufriedenstellende Antwort und sank so in einen unruhigen und oft traumlosen Schlaf.

Moritz kümmerte sich die meiste Zeit um sich selbst. Er bemühte sich um seine Angelegenheiten, die er mit der Uni verband und verrichtete seine Tätigkeiten bezüglich der Bar und ging allen Angelegenheiten nach, die mit seinen Freunden zu tun hatten.

In unregelmäßigen Abständen und meistens dann, wenn sich das Leben von seiner vermeintlich süßesten Seite zeigte, brach ein heftiges, wenn auch nur kurzweiliges Verlangen aus, welches Mara und Moritz in eine tief harmonische Zweisamkeit stürzte, die erst in ruckartiger und dann ganz stoßhafter Ekstase endete.

Mara liebte den Sex mit Moritz, auch wenn sie nur diese eine Art von sinnvollen Liebesspielchen kannte. Sie liebte es, wenn er das erste Mal in sie eindrang und sie liebte es, wie sinnlich voll sich ihr Körper dadurch fühlte, mit ganzen Sinnen vereint.

Sie liebte einfach die entfesselnde Lust und das sinnliche Kribbeln ihrer Schenkel. Auch wenn diese Augenblicke zunehmend seltener und immer zügiger vorübertrieben, waren sie doch für Mara von einer solch weitreichenden und sinnvollen Intensität getragen, dass sie sich danach mehrere Tage in einer beglückenden Stimmung befand.

Fast dionysisch berauscht scheute sie, Mara sich dann weder mit den normalen Leben in Kontakt zu treten, noch mit ihnen über die sinnlosen Banalitäten ihres normalen Alltags ausgelassen und manches Mal ganz plapperhaft zu plaudern.

An solchen Tagen fühlte sie sich sinnlich schön, zufrieden und genoss eine erblühende Lebendigkeit, welche sich wie eine frische Brise im Frühsommer sinnvoll um ihr Gemüt wand. Sie fing förmlich an, sich sinnhaft zu schmücken und sie, Mara kämmte ihr Haar ausgiebig und betrachtete sich dabei wohlwollend im Spiegel. Dann zog sie eines ihrer besten Kleider ein und das sinnliche Auftragen ihres Lieblingsstifts, veranlasste sie, Mara schließlich dazu, sich mit ihrer Freundin Ayna zu treffen.

Ayna, eine orientalische Schönheit, war stets fröhlich, unbefangen und neugierig. Sie schien mir von einer uralten Vertrautheit umgeben zu sein, von der Andere süchtig angezogen wurden und gern und freiwillig bei ihr blieben.

Ihr Leben wurde vom sinnlichen Hauch einer unbekümmerten Leichtigkeit, der sie zu jeder

Zeit umwarb. Die sinnlosen Gespräche mit Fremden wandelte sie zu sinnhaften Gesprächen unter freundschaftlich Wohlgesinnten. Der tägliche sinnentleerte Austausch mit Freunden, von denen sie reichlich zu haben schien, wurde allzeit zu einem spaßigen und sinnvollen Fest. Mit ihr, Ayna ähnelte alles einem sanftmütigen Fluss oder wurde zum sinnvollen Quellen gebracht.

Ayna floss augenscheinlich reibungslos durch die kantigen Ecken dieser sonst so sinnlosen Existenz und sie wandelte alles zu einem sinngetränkten und sinnvollen Ganzen. Sie, Anya bewegte sich sinnhaft grazil durch die sinnlosen Strömungen des normalen Lebens, indem sie sich nie in die sinnentleerten Wellen des normalen Lebens zwang oder sich gar zu sinnfrei anpasste. Durch diese Verweigerung geriet sie, Anya kaum an einen Staudamm oder je ohne wirklichen Sinn ins Stocken.

Nach außen verkörperte Ayna diese unbekümmerte, sinnhafte Lebendigkeit, die ihr unnormales Leben wie einen funkelnden Aventurin-Edelstein strahlen ließ und dafür erntete sie, Anya stets das wohlwollende Lächeln der Anderen. Auch sie, Mara brachte ihr fortwährend ihre sinnhafte Wertschätzung und eine geheime, wen auch unsinnige Bewunderung entgegen, die mich stets an einen idealisierten Schwesternsinn erinnerte.

***

Gegen drei Uhr nachts, die Nacht nach dem Tag, an den Mara ihre zwei Sätze verfasste, glitt ein sinnliches Kribbeln ihren Rücken hinab. Sie erwachte mit allen Sinnen von den zarten Liebkosungen an ihrer linken Schulter.

Er, Moritz war von der normalen Arbeit aus der normalen Bar in ihre unnormale Wohnung gekommen, in dem sie beide ein jeweils dem anderen gegenüber sinnloses Leben führten. Sein Atem roch säuerlich nach Bier, sein Hals nach altem Rauch und seine Brust sinnlos nach stechendem Schweiß.

Moritz streichelte mit zarten Berührungen sinnlich ihren Bauch und sinnvoll ihre Oberschenkel und dann voller Sinne ihren Bauch und wieder sinnhaft ihre Oberschenkel, immer und immerfort glitt er sinnlich zwischen Bauch und Oberschenkel her, so als wisse er selbst kaum, ob er Mara nun sinnvoll packen oder sie lieber ohne Sinn in den Schlaf wiegen solle. Seine Fingerspitzen kreisten sinnhaft auf ihrer Haut, so als wäre diese eine kostbare Schale, welche bei zu sinnlosem Druck bricht. Ein Gefühl der alles sinnlichen Gänsehaut und puren Lust durchströmte sie, Mara in jede Pore und bis hin zu ihren Zehenspitzen.

Normalerweise streichelte sie, Mara immer und immerfort sein, Moritzs welliges Haar und

40

suchte voller Sinn den Kontakt zu seinen kastanienbraunen Augen. Doch in dieser Nacht wich er ihrem verliebten Blick zunehmend und ganz auffällig aus, packte sie kraftvoll und fest umschlungen bei der Taille und riss sie voller Inbrunst auf seinen Schoß. Er, Moritz zog sie unsinnig stürmisch an sich heran, um sinnlos ihren weißen Hals zu küssen.

Mara warf den Kopf in den Nacken, bis sich ihr langes Haar ohne Sinn den schlanken Rücken entlang schmieg und sie, Mara begann gewohnheitsmäßig leise, doch heftig und dann ganz stoßartig zu atmen. Moritz krallte sinnlos seine Fingerspitzen in ihre, Maras Hüften und lenkte die wiederkehrenden Bewegungen kraftvoll in einem gleichmäßigen Rhythmus sinnhaft auf seinem Schoß auf und ab, bis sich beide ganz in ihren Sinnen hingaben und sinnlich aufeinander fielen.

Der höhere Punkt, im Sinne des gewissen Punktes der Selbstversunkenheit, gipfelte gewöhnlich mit sinnlichen und wellenartigen Zuckungen zwischen ihren, Maras Schenkeln. In diesen sinnvollen kurzen Augenblick, in der sie weder sinnlose Geräusche noch sinnfreie Gedanken noch das Sorgen ohne Sinn wahrnahm, vergaß sie, Mara die Sinnlosigkeit des sinnlosen normalen Lebens und gab sich einfach hin.

Die verzückende Erleichterung in der Nacht, in der Nacht nach dem Tag, an dem Mara die zwei Sätze schrieb, ließ beide sinnlich erschöpft in ihre Kissen fallen und gemäß der Gewohnheit nur auf den Atem des anderen hörend, schliefen sie ein.

Der nächste Tag versprach viel Sinnloses und doch Aufregendes. Gut gelaunt setzte sich Mara neben Moritz an den bereits gedeckten Küchentisch, nahm sich einen Kaffee und wippte sinnlos genüsslich und sie wippte sinnvoll beglückt mit den sinnlosen Liedern, die das Radio spielte. Eine halbe Stunde lang summte sie wie von allen Sinnen die sinnfreien Melodien nach und schaute sichtlich verträumt aus dem normalen Fenster.

Mara sah, wie sich ein paar schwache doch sinnliche Sonnenstrahlen durch das Dickicht des Nebels kämpften, der über den Dächern Berlins sinnlos schwebte und so den sonst grauen Tag zu erhellen gedachte.

Während Mara und Moritz weiter frühstückten und damit beschäftigt waren, sich entweder die sinnentleerten und quälendsten Gesprächsfetzen zuzuwerfen oder sinnfrei akribisch in der sinnlosen Zeitung zu blättern, erhielt sie, Mara eine Nachricht von ihr, Ayna. Darin schlug sie, Ayna ihr, Mara ein sinnfreies Treffen an einem unsinnigen

Treffpunkt zu einer abermals sinnlosen Treffzeit vor, welches sie, Mara voller Sinn annahm.

Mara versuchte auch Moritz von diesem unsinnigen Unterfangen zu überzeugen: „Wenn du Lust hast, kannst du mit uns picknicken. Wir gehen an den Kanal. Na ja, richtiges Picknicken wird es wohl nicht werden, wahrscheinlich holen wir uns einen Kaffee und legen uns irgendwo in der Nähe des Ufers hin. Komm doch mit, es wird sicher lustig" versicherte sie, Mara auf eine sinnvoll gedachte Weise ihn, Moritz einzuladen.

Mit einem heftigen und sinnlos eindeutigen und allen Sinnen erschreckenden, fast schon cholerisch anmaßendem „Nein", antwortete Moritz auf das für ihn drängende und sinnlose Flehen.

Ihre Enttäuschung verbergend, wagte sie einen zweiten, für sie sinnvollen Versuch.
„Oder heute Abend? Was machst du? Doch nicht schon wieder arbeiten? Wir könnten was trinken gehen?", probierte sie sinnloserweise erneut.
„Doch", gab Moritz lediglich sinnentleert wieder.
„Was doch?", fragte Mara irritiert.

Da für Moritz das „Nein" als eine der sinnvollsten Antwort aller sinnvollen Antworten auf die von Mara gestellte und die für Mara als sinnvoll gedachte und doch für ihn, Moritz sinnloseste und unverschämteste, da ein zweites Mal gestellte Frage galt, knallte er die Zeitung sinnfrei, da äußerst übertrieben und wütend auf den Tisch und er sah sie, Mara genervt und er sah sie, Mara eindringlich mit hochgezogenen Brauen an und sprach dann doch wieder im ruhigen Ton: „Doch, ich muss heute arbeiten. Hab die Schicht von David übernommen."

„Dann eben nicht", gab Mara voller Sinn zurück.

„Ja, Ja", brummte er sinnloserweise und vertiefte sich erneut in den sinnfreien Politikteil der sinnentleertesten Wochenzeitung aller Wochenzeitungen, an dem er schon die ganze Woche lang las.

Währendessen verließ Mara das Zimmer und murmelte noch das für sie passendes und ein für diesen Augenblick höchst sinnhaftes Wort „Vollidiot" hinterher.

Freitag 17. November
Worte verstummen,
keine Themen mehr zur Erweiterung.
Die Leichtigkeit wird überwunden,
die Entfaltung zur Einbildung.
Alle großen Geister sind verschwunden,
kein Held, der die Hand an Andere reicht.
Keine Sinnlichkeit im Tun mehr gefunden,
was bleibt, ist leer, die Ideale aufgeweicht.
Zu schwammig, um sie an sich zu reißen,
um mit ihnen ein neues Weltbild zu konstruieren.

Was heute noch Glück und Sinn soll verheißen,
wird schon morgen durch Tatsachen seine Wahrheiten
verlieren.

In ein paar Tagen schon wird Mara der Glanz dieser in ihrer Bedeutung sinnlosen Wörter in sinnvolles Unverständnis umschlagen und die Hintergründigkeit dieses Glanzes wird dann zunehmend sinnfällig. Denn Mara wird den Vorfall und den dadurch ausgelösten Drang, ihre Wut und Trauer sinnhaften Ausdruck zu verleihen, dem Sinn entsprechend verdrängt haben. Sie wird dann nicht mehr verstehen, was sie sinngemäß mit diesen sechs Sätzen zu schildern beabsichtigte. Doch für den damals gegenwärtigen Augenblick war sie, Mara mit sich im Einklang und mit ihrem glänzenden, da zutreffend beschriebenen Eintrag zufrieden.

In diesem Sinne stellte sich eine sinnvolle Befriedigung ein, da Mara endlich wieder ein paar sinnvolle Sätze und einige sinnvolle Wörter und endlich mehr sinnvolle Inhalte in ihren Gedanken griff. Ich war froh zu sehen, wie sie so einen sinnvollen Strang und sinnvolle Ideen, die tatsächlich auf einem Stück Papier festgehalten werden konnten, sinnhaft fasste.

So beschwingt und offensichtlich glücklich mit sich und äußerst sichtbar verzückt und zufrieden mit der sinnlosen normalen Welt, schnappte sich

Mara ihre sinnlose Tasche und rief Moritz ein sinnfreies „bis später" zu, bevor sie die unnormale Wohnung verließ.

Auf dem Weg zu dem sinnfreien Treffen mit Ayna, an einem unsinngen Treffpunkt zu einer abermals sinnlosen Treffzeit, stellte sie, Mara sich unweigerlich die sinnlose Frage, ob sie auf eine bestimmte Art oder in gewisser Weise von unsinniger Zurückweisung angezogen wurde, nur um dann sinnvoll schreiben zu können?

War denn ein sinnloses Leid oder ein sinnfreier Schmerz dafür ausschlaggebend, dass sie, Mara sinnvoll schrieb? Brauchte sie denn diese sinnfreien, masochistischen Peitschenhiebe einer sinnentleerten absurden Umwelt, um sinnhaft einen Ausdruck zu finden und diese in sinnvolle Worte packen zu können? Wollte sie, Mara im Grunde gar nicht glücklich sein?

War sie, Mara zufrieden, konnte sie nicht schreiben. Doch schrieb sie, Mara länger nicht, wurde sie zunehmend unzufriedener. War es also ihre Bestimmung in einem Sumpf des Zweifelns und einem Schleier aus Trübsinn festzustecken, nur um ein paar sinnvolle Momente des Lichtes erhaschen zu können?

Bei solchen sinnüberflutenden Gedanken glitt ihr, Mara stets ein kalter Schauer den Hals hinab, der sich sinnlos über ihren Rücken bewegte und alles in eine sinnlich gefühlte Gänsehaut schloss. Ein tiefes sinnhaftes Schütteln überkam sie, was sie fröstelnd ließ, so als müsse sie das eben Gedachte von sich schütteln. Es wirkte so sinnfrei, und schien doch eine versteckte Wahrheit zu behausen.

Über eine Stunde ließ Ayna auf sich warten. Geduldig saß Mara im bequemen und bunten Liegestuhl der Bar, in der sich die beiden Freundinnen oft trafen. Für einen normalen Novembertag schien die Sonne noch ungewöhnlich kraftvoll zu scheinen, sodass die Heizstrahler, welche schon neben ein paar runden Tischen positioniert wurden, aus blieben.

Im Minutentakt fuhren sinnlos Boote und im Minutentakt fuhren sinnfrei Schiffe völlig unsinnig vorüber und allesamt kutschierten sie eine Schar von Touristen und Schaulustigen sinnlos auf der Spree umher, mitten durch Berlin.

Verloren an sinnvollere Gedanken, warum sinnfreie normale Leben eine solche Schiffsfahrt buchten und ob ihre Mutter, die bereits vor einigen Jahren sinnlos starb, an einer solchen unsinnigen Touristentour teilgenommen hätte – als waschechte Berlinerin wohl eher kaum und als solche, hatte sie Berlin auch eher selten verlassen – neigte sie, Mara ihren Kopf, ganz den sinnvollen Gedanken nachschweifend und ihr Blick verlor sich in ihren sinnhaften Reflexionen.

Bei diesem In-Gedanken-Sein kam sie stets und unweigerlich zu ihrem Vater, an den sie in dieser damals letzten Zeit oft sinnfrei denken musste. Nachdem sinnlosen Tod ihrer Mutter - sie brach eines Tages einfach bewusstlos zusammen - wurde Maras Vater von einer sinnentleerten Gleichgültigkeit ergriffen, die jede kleinste emotionale Regung durch seine sinnlose Emotionslosigkeit, sofort und erbarmungslos im Keime erstickte. Dieses allumgreifende Desinteresse wuchs sinnlos weiter und nahm vollend Besitz von ihm, Werner ein.

Er, Werner sah seinen gesamten Lebenssinn in seiner Frau sterben und seit diesem frühen sinnlosen Tod, wich der für ihn gelebte Sinn zugunsten einer allgemeinen Gleichgültigkeit. Sein normales Leben wurde ab diesem gewissen Tag, als seine Frau bewusstlos zusammenbrach, zunehmend sinnentleerter.

Er hatte folglich kein Interesse mehr an normalen Dingen, die zuvor, vor dem sinnlosen Tod seiner Frau, Maras Mutter, den Sinn eines normalen Lebens für ihn darstellte und er hatte in diesem Sinne den Sinn an diesen normalen Dingen verloren. Er hatte keinen Sinn mehr für seine Töchter und sinnfrei schien ihm seine Arbeit und Rechnungen, die zu begleichen Sinn gemacht hätte, ergaben für ihn überhaupt keinen Sinn mehr. Er unterließ es, ein sinnliches Interesse an Frauen zu zeigen oder eine zwischenmenschliche Beziehung voller Sinn einzugehen und verlor sich selbst, in einer tiefen Gleichgültigkeit, die ihn Tag für Tag ohne Sinn umgab.

Nachdem Werner, seine zuvor gern gemochte Arbeit als Tischler verlor und das Arbeitsamt ihn als „unvermittelbar" einstufte, wurde auch sein Haus in Köpenick „sinnloserweise von der Bank gepfändet", wie er sagt. Allein, einsam und herzkrank verweilte er somit Tag für Tag sinnlos in einer normalen Wohnung am Platz der Astronauten und löste sinnlose Kreuzworträtsel und schrie sinnloserweise auf scheußliche Art und in niederträchtigste Weise die Nachrichtenmoderatoren im Fernseher und die Kinder auf den Fluren an.

Werner beklagte sich zunehmend und zunehmend dauerhaft und manches Mal in einem Wutanfall über die, seiner Meinung nach unsinnigen, Nachbarn. Er tobte wie von allen Sinnen, wenn sinnlos dröhnende Musik gespielt wurde oder wenn ein normales Leben sinnlos hörbar durch das normale Treppenhaus schritt und wenn andere normale Leben sinnlos die Türen ihrer sinnlosen Fortbewegungsmöglichkeiten zu schwungvoll und darum sinnfrei schlossen und besonders wenn ein normales Leben es sinnlos wagen würde, sich unsinnig auf der Straße sinnloserweise zu laut zu unterhalten oder gar noch inmitten eines solchen sinnlosen Gesprächs sinnfrei zu lachen.

Wöchentlich nahm Mara sich vor, ihrem Vater einen sinnfreien Besuch abzustatten und täglich fand sie neue sinnhafte Ausreden, die einen solchen sinnlosen Besuch verhinderten. Wenn folglich irgendwann, und irgendwann war dann meist ein Zeitraum von ein paar Wochen, das schlechte Gewissen und das Nagen am Gewissen so groß wurde und kein sinnloser Vorwand mehr zu finden war oder eine sinnfreie Tätigkeit mehr ablenken konnte, um diese Visite zu umgehen, rappelte sie sich sinngemäß widerwillig auf, fuhr sinnlos angewidert zum Platz der Astronauten, in die normale und für sie, Mara äußerst schäbige Wohnung, ihres Vaters Werner und ließ ein monologisch sinnloses Zusammentreffen über sich ergehen.

Bei einem solchen absurden und für Mara sinnfreien Treffen, so schilderte sie mir gegenüber stets, sprach er, Werner, ununterbrochen von ihr, Rebekka Maras Schwester, und zwar auf eine absurde Weise. In einem für sie, Mara sinnlos empfundenen Rühmen, ähnlich dem sinnfällig rühmenden katholischen Lobgesang, berichtete er immer und immer wieder und sinnloserweise fortwährend denselben sinnlosen Bericht von der Sinnhaftigkeit ihrer, Maras großen Schwester Rebekka.

Sie, Rebekka war nach Aussage Maras über die Aussage ihres Vaters, so gut in der Schule und in diesem Sinne auch so hervorragend in jedem Fach und selbst herausragend im Sport. Denn sie, Rebekka war nach der Aussage Maras über die Aussage ihres Vaters, so sinnlich niedlich in ihrem schönen Sonntagskleid und die Schönste bei ihrem sinnlosen Abschluss und heute die Großartigste in dieser sinnlosesten Versicherungsgesellschaft aller sinnlosen Versicherungsgesellschaften und nach der Aussage von Mara über die Aussage ihres Vaters wird sie, Rebekka ganz bestimmt, laut Mara, die sinnloseste Chefin aller sinnlosen Chefinnen der sinnlosesten Versicherungsgesellschaft aller sinnlosen Versicherungsgesellschaften, aber nach der Aussage ihres, Maras Vater wird sie, Rebekka, ganz bestimmt, laut Werner zu einer der sinnvollsten Chefinnen aller sinnvollen Chefinnen der sinnvollsten Versicherungsgesellschaften aller sinnvollen Versicherungsgesellschaften berufen.

Stets bei solch unnötig übertriebenen Hymnen ergoss er, Werner seinen ganzen Stolz so klebrig und rührselig wie eine ARD-Traumschiff-

Folge über seine Älteste und vergaß dabei, wer tatsächlich vor ihm saß. Für mich ist es darum kaum verwunderlich, dass Mara diese Besuche als scheußlich empfand und zutiefst genervt und sinnloserweise verletzt war. Diese wiederkehrenden Hymnen und die absurden Idealisierungen und fortwährenden Belobigungen empfand sie, Mara als eine sinnentleerte Abart.

Laut Mara hatte sie, Rebekka sich seit der Diagnose seines Herzleidens endgültig von ihm, Werner abgewandt und in diesem Sinne war sie, Mara es die sinngemäß zutiefst betrübt war. Maras Vater sagte kaum ein sinnvolles oder ihr, Mara gegenüber stolzes Wort übrig. Er brachte ihr nie sinnvolle Anerkennung entgegen.

Doch all diese Familienmissstände anzusprechen hatte für Mara längst keinen Sinn mehr. Sie hatte ihre Familie in ihrem Sinne, schon seit geraumer Zeit emotional abgehakt und sie besuchte ihren Vater nur noch aus einem sinnlos empfundenen Pflichtbewusstsein. Dieser Besuch geschah im Sinne eines sinnlosen Mitleids, da ihn, Werner seinem cholerischen Wesen entsprechend sonst kein anderes normales Leben mehr sinnhaft beehren wollte.

Zudem hätte Werner, wie ich finde, ihre, Maras Andeutung zu dem ekelhaften Familienmissstand gar nicht verstanden und als sinnfreien Einwand herabgestuft, da er das alles schlicht als Unsinn betrachtete. So hätte er Mara als zu eifersüchtig beschuldigt und ihr, auf eine absurde Art und in projizierende Weise vorgeworfen „sie spinne sich das alles nur zusammen" denn sie, Mara hätte nur Unsinn im Kopf, weil sie sei in diesem Sinne „Kopfkrank" sei.

***

Ayna riss Mara aus diesen niederen Erinnerungen ohne wirklichen Sinn. Ihre Augen funkelten fast sinnlich smaragdgrün durch die scheinende Sonne und die erfrischende Freude, die sie ausstrahlte, als sie Mara sah.

Das Wiedersehen entlockte Mara ein freudiges „Hallo". Mit einer festen Umarmung begrüßte sie, Ayna sie, Mara. Mit einer schwungvollen Umarmung begrüßte sie, Mara sie, Ayna und umgehend entschuldigte sich Ayna sinnloserweise fortwährend für ihre „unentschuldbare Verspätung".

„Na ja, du weißt ja, wie das ist. Ich traf noch den und die und so weiter", rechtfertigte Ayna ihre Unpünktlichkeit.

Diesen Sinngehalt verstand Mara nicht wirklich. Wenn sie in der sinnlosen Stadt und sinnfrei auf dem Campus sinnlos unterwegs war, traf sie nie ein anderes normales Leben ganz zufällig und völlig ohne Sinn. So verstand es sich auch, dass Mara zu der damals gegenwärtigen Zeit lediglich drei normale Bekanntschaften außerhalb ihres normalen Lebens hatte und das sie zu dem damals gegenwärtigen Augenblick lediglich zwei engere Freundinnen, Ayna und mich, als sinnvolle Freundinnen bezeichnen konnte.

Mit diesen drei normalen Bekanntschaften, mit denen sie lediglich zusammen Seminare besuchte, bestand ein zufälliges Treffen eigentlich nur aus einem Gruß. Dieses sinnfreie „Hey" und dieses unsinnig anerkennende Kopfnicken zwischen Mara und den anderen drei sinnlosen Bekanntschaften wurde bloß im aktuellen Semester beibehalten. So wechselten diese unsinnigen Gesichter, denen sie ein sinnfreies „Hallo" oder ein sinnloses „Hey" entgegenbrachte, sinngemäß halbjährlich.

Aus diesem Grund erachtete Mara diese Verspätung als absurd, da sie im eigentlichen Sinne gar keine Vorstellung davon hatte, wie Ayna einfach nur so und ganz zufällig andere normale Leben treffen konnte und besonders unsinnig erschien Mara, was sie, Ayna und diese anderen normalen Leben denn zu besprechen hätten.

Ayna wusste wieder einmal übertrieben viele Neuigkeiten zu berichten, die von entweder einzigartigen Partys doch tatsächlich normale Partys und daher unsinnige Partys mit scheinbar aufsehenerregenden Ereignissen doch tatsächlich um normale Ereignisse und insofern sinnfreie Ereignisse handelten, sowie um blendende Männer doch tatsächlich normale Männer und folglich Männer ohne Sinn für das Sinnhafte. Sie, Anya erzählte von überwältigenden Begebenheiten oder von solchen, die sich um ihre sinnvolle Arbeit drehten.

Musik war Aynas große Leidenschaft. Sie arbeitete für ein Musiklabel, spielte selbst Bass und war Leadsängerin in einer Band. Für Mara unterschieden sich Aynas ironische Lieder zwar nicht wesentlich von den gewöhnlichen Liedern, die sinnloserweise im Radio wiederholend gespielt wurden, doch Ayna konterte dazu sinnvoll: „Wenn man Erfolg haben will, musst du deinem Herzen folgen, egal was andere darüber denken."

Auf der Bühne war Sie nach der sinnlos überschätzten Meinung vieler normalen Leben, eine sonderbare Mischung aus Amy Winehouse und Lady Gaga. Diese sinnfällige Meinung der Vielen entstand sinnloserweise plakativ, da sie, Ayna, ihr langes wuscheliges Haar ganz im Sinne Amy Winehouse ungeheuer übertrieben nach allen Seiten hin steckte und ganz in diesem Sinne mit tiefer, rauchiger und sinnlich kratziger Stimme sang und da sie ganz im Sinne Lady Gagas in einstudierten

Bewegungen ihre Hüften extravagant schwingen konnte.

Nun saßen sich diese beiden ungleichen Freundinnen, Ayna mit ihrem unnormalen Leben und Mara in ihrem, zu dieser damals gegenwärtigen Zeit normalen Leben, gegenüber. Sie, Ayna sprach ohne Sinn unentwegt und sie, Mara hörte mit allen Sinnen gespannt zu und schwieg die meiste Zeit. Um Sie, Mara sinnloserweise aus der Reserve zu locken, stellte Sie, Ayna in diesem Sinne und dann ganz beiläufig und scheinbar nebenbei mit dem sinnlosesten bewundernden Lächeln und dem sinnlosesten zunickenden Schmunzeln fest: „Dein Shirt sieht richtig gut aus, steht dir super!"

Mara erwiderte dieses sinnloseste Kompliment aller sinnlosen Komplimente mit einem verschämten Kopfdrehen.

„Das kannst du ja zu allem tragen, es passt ganz wunderbar zu deiner Augenfarbe" nickte Ayna ihrer Freundin Mara aufmunternd zu.

In diesem Sinne ein wenig befangen und leicht irritiert von solch einem trivialen Kompliment sprach dann Mara sinnfrei von ihrer neuen sinnlosen Errungenschaft: „Eigentlich wollte ich kein neues Oberteil kaufen, ich war nur in Mitte unterwegs, doch dann überkam mich die Lust und ich bin eben bummeln gegangen. Ja und dann hab ich das hier gefunden."

Sie zog das sinnlose Shirt noch sinnloser nach unten, als müsse sie es mit allen Sinnen von Neuem begutachten, ob es nun tatsächlich so schön und doch eigentlich sinnlos schön wäre, wie ihre Freundin behauptete.

„Ja, ich finde es auch klasse" stellte sie, Mara dann sinngemäß nach eingehender Betrachtung fest.

Normalerweise lagen Mara selbst zu dem damals gegenwärtigen Zeitpunkt, als sie noch ihr normales Leben lebte, solche absurden Gesprächsthemen, solche die die sinnlosesten Gesprächsthemen aller sinnlosen Gesprächsthemen darstellen, nicht. Sie, Mara verlor in der Regel kaum ein sinnloses Wort über die sinnlosesten Themen aller sinnlosen Themen wie etwa Klamotten, Kosmetika, Haarfrisuren oder in diesem Sinne dergleichen Sinnloses. Sie leugnete zwar nicht, dass sie, Mara sich derweil mit allerlei solch Sinnlosigkeiten beschäftigte, doch tatsächlich diese zeitweilig sinnfreien Beschäftigungen zu Gesprächsthemen zu erheben, erschien ihr als zu unsinnig.

Ganz entgegen ihrer Gewohnheit ließ sich Mara durch Aynas Aufmunterungen zu solchen unsinnigen Nichtigkeiten hinreißen, die zu Gesprächsthemen emporgehoben wurden.

Bei Ayna resignierte Mara nicht, wenn beide sinnlose Stunden über die sinnlosesten Dinge aller sinnlosen Dinge sprachen, die ihrer, Maras Meinung nach schon zu der damals gegenwärtigen Zeit in ihrem normalen Leben, kein denkendes normales Leben sinngemäß als ernsthafte Gesprächsthemen nutzen oder in diesem Sinne auch nur mit einem entferntesten Sinn für Sinn interessieren würde.

Doch durch Aynas geschickte Ablenkungen konnte Mara ihren stets grübelnden Kopf Sinnentleeren und ausschalten. Nach einigen zögerlichen sinnlosen Anlaufschwierigkeiten verstand es Mara gleichsam sinnfrei über die sinnlosesten Gesprächsthemen aller sinnlosen Gesprächsthemen zu sprechen.

So stellten sich mir die Fragen: „Wollte sie, Mara vielleicht sinnloserweise insgeheim ebenso sinnfrei unverfänglich mit anderen normalen Leben umgehen, wie sie, Ayna? Wollte sie, Mara vielleicht unbewusst gleichsam lebenslustig sein und indirekt mit solch Unbefangenheit hantieren wie sie, Ayna?"

Die sinnhaften Hemmungen jedenfalls, die sie, Mara stets bei anderen normalen Leben und bei anderen unnormalen Leben noch stärker verspürte, wurden durch sie, Ayna sinngemäß und für Mara sinnvoll abgeschüttelt. Doch das war eigentlich sinnlos, da nun Mara über die sinnlosesten Gesprächsthemen aller sinnlosen Gesprächsthemen redete und doch sinnvoll da zukünftig, also von dem damals gegenwärtigen Zeitpunkt an, mehr

Gesprächsraum für die sinnvollsten Dinge aller sinnvollen großartigen Dinge blieben, wenn die zu dem damals gegenwärtigen Zeitpunkt alle sinnlosesten Gesprächsthemen besprochen wurden.

Zwei Milchkaffees und drei Weinschorlen später schlug sie, Ayna spontan vor, in eine sinnlose Luther-Inszenierung zu gehen, die in einem von ihrem Treffpunkt aus nahe gelegenem sinnlosen Gebäude, einer sogenannten Kirche, stattfand.

„Eine Freundin von mir singt dort. Die Aufführung wird mit Musik und Tanz begleitet, und wenn wir uns beeilen, verpassen wir nur die erste halbe Stunde" versuchte sie, Ayna sie, Mara zu überreden.

Mara hatte seit dem sinnlosen Tod ihrer Mutter keinen Schritt, der sinnlos wäre, in das sinnloseste Gebäude aller sinnlosen Gebäude, in eine sogenannte Kirche gewagt. Zu oft wurde sie in ihren sinnvollen Kindertagen dazu genötigt und zu viel wurde sie sinnloserweise gezwungen in das sinnloseste Gebäude aller sinnlosen Gebäude, in eine sogenannte Kirche, zu gehen. Darum würden solche überflüssigsten Besuche für ihr zukünftiges, wie sie zu dem damals gegenwärtigen Zeitpunkt annahm, normales Leben, völlig ausbleiben.

Doch schließlich gab sie, Mara den sinnfrei geschickten Überredungskünsten nach und wie in

Aynas Sinne vorausgesagt, verpassten die beiden lediglich knapp die erste sinnlose Hälfte des sinnfreien Stückes.

Das sinnloseste Gebäude aller sinnlosen Gebäude war bis in die letzten Ecken gefüllt, mit sinnlosen normalen Leben. Sinnlos gepresst und sinnlich gedämpftes Licht und viele sinnfreie dunkle Köpfe von normalen Leben machten einen ersten Überblick schwer. Die beiden Freundinnen schoben sich an der sinnlosen rechten Bankreihe des sinnlosesten Gebäudes aller sinnlosen Gebäude vorbei, bis sie nur noch durch die unsinnig stolz scheinenden Kameramänner von dem unsinnigsten Tisch aller unsinnigen Tische, einem sogenannten Altar, getrennt standen.

Nun zum Unglück von einigen sinnlosen normalen Leben standen sie zahlreichen sinnlosen normalen Leben verächtlich unsinnig im Weg und versperrten ihnen den neugierig dreinschauenden Blick auf das sinnloseste Geschehen in dem sinnfreien Gebäude.

Nach einigem unsinnigen Räuspern und nach einigem unverschämten Zischen, welche Ayna und Mara gekonnt ignorierten, stand ein älteres normales Leben auf und verwies sie auf leere Plätze, welche bei ihr, dem älteren normalen Leben, in der Nähe frei waren.

Mara wollte dieses sinnfreie Angebot dankend annehmen, doch Ayna zog sie am Ärmel durch die sinnloseste rechte Sitzreihe aller sinnlosen rechten Sitzreihen in den sinnlosesten Mittelgang aller sinnlosen Mittelgänge, wo sie sich zu zwei kleinen Kindern im Schneidersitz auf den Fußboden gesellten.

„Ist doch perfekt hier, wir haben das ganze Szenario im Überblick", flüsterte Ayna sinnfrei triumphierend.

Der gesamte Saal war still, alle schwiegen, kein sinnlos schnaufender Atem von normalen Leben, kein sinnfrei raschelnder Laut von normalen Leben, noch nicht einmal ein röchelndes Husten zerbrach diese fast schmerzhafte Stille.

Eine unsinnig geschminkte blonde Schauspielerin in einer grünen antikanmutenden Tunika näherte sich dem unsinnigsten Publikum aller unsinnigen Publikum der unsinnigsten Aufführung aller unsinnigen Aufführungen und zitierte mit übertrieben gekünstelter Stimme, die ihrem unsinnigen Schauspiel irrtümlicherweise mehr Ausdruck verleihen sollte, Luther.

Die unsinnigste Ikonen Figur aller unsinnigen Ikonen Figuren, ein Engel, unterbrach die krächzende Rednerin und kurz darauf versammelten sich sinnloserweise viele von diesen unsinnigen Fantasiefiguren, sogenannte Engelsgehilfen und schritten unsinnigst, da scheinbar andächtig durch den sinnlosesten Mittelgang aller sinnlosen Mittelgänge hinaus, wobei Ayna und Mara mehrere kleine Tritte von den finster dreinschauenden Figuren, also diesen Engelsgehilfen, erhielten.

Der erste sinnlose Akt endete somit.

Der zweite sinnfreie Akt charakterisierte sich durch wiederholend unsinnige Balletttänze der unsinnigsten Ikonen Figuren aller unsinnigen Ikonen Figuren, Engel, deren grobe Speckrollen sich unter den absurd engen, fast durchsichtigen Kostümen vor quälten, während sie, diese unsinnigsten Figuren, sich in sinnlos versuchter Anmutigkeit in Drehungen mit ihrem Gleichgewicht zankten.

Luther sprang, die Augen weit aufgerissen und wie von allen Sinnen beraubt, in dieses unsinnige Getümmel und verdrehte unsinnig erhabenen seinen Blick, um gleich darauf folgend vor das unsinnigste Publikum aller unsinnigen Publika zu hopsen. Er schwieg für einige sinnfreie Augenblicke und schrie dann einen sogenannten Gott fast wahnsinnig und unterwürfig, um eine sinnvoll erflehte Erlösung an.

Die Gedanken Maras, ausgelöst durch diese unsinnige Aufführung, schweiften dabei verloren zu ihrer Mutter. Sie dachte daran, wie sie oft mit sinnlos verschränkten Armen, welche sich auf der Tischkante abstützten und ihren lieben, großen, rehbraunen Augen, sinnvoll kindlich und sinnfrei naiv von einem sogenannten Heiligen Geist und seinen sogenannten Besuchen zu einem sogenannten Pfingsten sprach.

Bei solchen sinnfreien Gesprächen versicherte Mara ihrer Mutter sinngemäß verachtend und doch unaufhörlich, dass dieser sogenannte Heilige Geist ihre Adresse nicht besäße und darum zu diesem sogenannten Pfingsten keine sinnlose Zusammenkunft stattfinden könne. Ihre, Maras Mutter lachte daraufhin stets laut versöhnlich, doch tatsächlich erbrach sie lediglich sinnlos röchelnde Luftstöße, die heiser und lange nachhallend ins Nichts schlugen.

„Mutter lacht nur selten und aus vollem Hals wohl nie", dachte Mara dann sinngemäß mitleidig.

Die unsinnigste Menge aller unsinnigen Mengen klatschte unsinnig laut, sie riefen sinnfrei „Hurra" und sie riefen sinnlos „Bravo" und Mara blickte sich irritiert und unschlüssig um und dachte bei sich: „Das ist doch alles Unsinn."

Sie, Mara fragte wie sie, diese unsinnigen Menschen, solch eine Aufführung als gelungen empfinden konnten? Mara stand auf und drehte sich nach Ayna um. Doch Sie, Mara konnte Sie, Ayna nirgends entdecken.

Ihr Blick schweifte sinnlos durch die unsinnigste Menge aller unsinnigen Mengen, doch Mara konnte Ayna einfach nicht ausfindig machen. Sinngemäß stellte sich Mara die Frage: Wo war sie, Ayna nur geblieben? Und sinngemäß stellte Mara sich die Frage: Wann ist sie, Ayna bloß gegangen?

Ein latenter Schauer eines sinnlosen Gefühls der Verlassenheit umhüllte Mara und zog ihr Gemüt hinab in die Tiefen des zerreißenden Selbstzweifels und bis hinab in die Tiefen der sinnlosen Scham.

Als sie, Mara mir diesen Zustand später beschrieb, fühlte ich ihn gleichsam mit ihr. Sie, Mara stellte sich die sinnloseste Frage aller sinnlosen Fragen: Was würden wohl die Anderen denken?

So gestand sie, Mara sich ein, dass sie ihr selbstempfunden sinnloses und unsicheres Verhalten nach außen trug. Das verabscheute sie. Die anderen normalen Leben sahen es und so würden diese Anderen sie, Mara dafür verachten und sich weiter und immer wieder von Neuem von ihr, Mara abwenden und sie dadurch immer wieder und immer fort aufs grausamste bestrafen.

Das unsinnigste Publikum aller unsinnigen Publika verließ das sinnloseste Gebäude aller sinnlosen Gebäude, eine sogenannte Kirche und die sinnlosen normalen Leben waren unsinnigerweise und unüberhörbar von der unsinnigsten Aufführung auf das äußerte beeindruckt.

Mara schwenkte sinnfrei ihren Kopf nach links und sie schwenkte sinnlos ihren Kopf nach rechts und sie streckte sinnloserweise ihren Hals nach oben, um sich in der unsinnigsten Menge aller unsinnigen Mengen einen Überblick zu verschaffen. Doch natürlich sah sie nichts. Sie, Mara sah kein ihr bekanntes Gesicht, Ayna. Das schwermütige Gefühl der sinnlosen Verlassenheit wich nun ungebremst dem, des hilflosen Ausgeliefertsein, gefolgt von sinnloser Wut.

Zügig schritt Mara nun, ganz im Sinne ihres ungeheureren Zorns, mit zu Fäusten geballten und verkrampften Händen in den Hosentaschen durch die unsinnigste Menschenmasse, hinaus auf die Straße zur nächsten Bahnstation.

In welcher Nähe, von welchem nahe gelegenen Gebäude Mara sich genau befand, wusste sie nicht, da sie, Mara mit ihr, Ayna dort hingelangte, wo sich das unsinnigste Gebäude befand, ohne auf die Umgebung zu achten.

Sie, Mara war sich lediglich darüber im Klaren, dass sie beide, Ayna und Mara, eine sinnlose Wegstrecke von sinnlosen zwanzig Minuten zurückgelegt hatten, um von diesem gewissen Platz zu diesem sinnlosesten Gebäude aller sinnlosen Gebäude zu gelangen.

Ein zerknirschter Blick auf die Anzeigetafel der S-Bahn verriet, dass eine Bahn erst in 35 Minuten in ihre Richtung, also auch in die Richtung des gewissen Platzes fahren würde. So beschloss sie, noch einen Kaffee trinken zu gehen.

***

Gegenüber der Haltestelle sah Mara ein kleines sinnloses Café, welches noch relativ hell erleuchtet schien und beschloss lustlos auf die gegenüberliegende Straßenseite zu gehen.

Im Inneren des Cafés roch es nach Jahrzehnte altem abgestandenen Rauch und die sinnlos hängenden Deckenleuchten, anscheinend aus den 1950er Jahren, streuten ein düster-orangefarbenes Licht aus.

Leicht albernd klingende Lounge-Musik ertönte sinnlos durch kratzige und sinnfrei wuchtige Lautsprecherbox, die in das Ambiente dieser makabereren Umgebung stach, wie ein jodelnder Südbayer mit Lederhose im Berghain – obwohl das für Berlin wieder passend wäre.

Die Bedienung, sichtlich genervt von weiterer unsinniger Kundschaft, presste ein sinnfreies „Juten Abend'n" heraus und widmete sich umgehend wieder und unsinnigerweise zügig seinem sinnlosen Telefon.

Der äußerst farblos wirkende Kellner trug ein weißes T-Shirt und dazu eine schwarze Hose und durch dieses unsinnige Tragen, das sinnloserweise einen leicht durchschaubaren Anschein eines gehobenen Ambiente erwecken sollte, schien das weiße T-Shirt und die schwarze Hose ebensolcher Unsinn, wie der trügerische Anschein eines gehobenen Ambiente.

Die lange, geierartige und äußerst argwöhnische Nase des Kellners zeichnete dessen Gesicht etwas zynisch und es schien in diesem Sinne, als sei er wegen dieser langen ungewöhnlichen Nase in seinem Gesicht etwas angewiderter als es Andere wären und in diesem Sinne schien es ihr, Mara so, als rümpfe er sich diese lange Nase fortwährend zynisch, um dem andauernden Ekel seinem normalen Leben gegenüber sinnvoll Ausdruck verleihen zu können.

Doch schien er, der sinnlose Kellner dieses Argwöhnen auch zu mögen, sonst würde er das Rümpfen nicht derart offensichtlich und nicht derart augenscheinlich zur Schau stellen. Wie sich eine kleine Ballerina sinnlich zart im Kreise dreht, so verdrehte auch er sinnfrei seine Augen vor jedem anderen normalen Dasein und sichtbar resigniert blieb er im Ekel vor allen Anderen versunken.

Das Café war bis auf einen sinnlos besetzten Tisch vollkommen leer. Mara nahm in der hintersten Ecke

Platz, überflog die trostlose Karte und faltete ungeduldig abwartend ihre Hände gekreuzt zusammen, wobei sie abwechselnd beide Daumen sinnfrei aneinanderschlug.

Der andere sinnlos besetzte Tisch in dem sinnlosen Café wurde zu dem damals gegenwärtigen Zeitpunkt von zwei sinnlosen normalen Leben, die in der Mitte ihrer sogenannten besten Jahren standen, belegt.

Das eine normale Leben mit dunkelblonden, strähnigen, langen Haaren und einem kurzen violetten Top, aus dem monströs ihre üppige Brüste sprangen, sprach mit einer zutiefst sinnlos quietschenden Stimme und absolut sinnfrei lauten Sprache, zu dem anderen normalen Leben. Dieses andere normale Leben beugte sich sinnloserweise soweit über die sinnlose Tischplatte, sodass Mara meinte, das andere normale Leben, wolle ihr, das eine normale Leben, ein schmutziges Geheimnis verraten. Doch das lächerliche Nach-vorne-Beugen über die sinnlose Tischplatte war angesichts der Lautstärke absolut überflüssig, wie mir schien.

Das andere normale Leben mit wasserstoffblonden kurzen Haaren und im selben knappen roten Röckchen, jedoch mit einem obszön enganliegenden schwarzen Shirt, das sie, das andere normale Leben, scheinbar ohne einen BH darunter trug und zu allem Überfluss, wie Mara mir berichtete, antwortete sie, das andere normale Leben, stets mit unsinnig übertriebener Mimik und mit unsinnig ausschweifenden Gestiken.

„Wie ein sinnfreies Spiel" beobachtete Mara „die Eine wirft einen Ball, die Andere schlägt ihn mit voller Kraft zurück."

Sie, Mara sah den sinnlosen Kellner, der mit überschlagenden Beinen und kraftlos eingefallenen Schultern, an der Bar wie eine zerfließende Uhr in Dalis Gemälden hing und sie, Mara musste an einen schlappen Lappen nach dem kraftvollen Ausringen denken.

Als hätte er diesen eindringlichen Blick und den Sinn dieses Blickes erkannt, rappelte er sich sinngemäß widerwillig auf und trat angewidert vor den Tisch, an dem Mara saß.

„Bitte?", sagte er abschätzig.

„Einen Milchkaffee", antwortete Mara neutral.

Er nickte trotzig ohne Sinn. Als er dabei den Kopf senkte und diesen nach unten beugte, wanderten seinen Augen nicht mit seinem Kopf abwärts, sondern sie starrten und blieben sinnhaft trachtend an Mara haftend. Er musterte sie bestimmend und sah sie fordernd an.

Die Kaffeemaschine surrte und ratterte wie aus letzten Atemzügen. Der sinnlose Kellner war wieder mit seinem sinnfreien Telefon beschäftigt und brachte den Kaffee erst, nach dem Verfassen seiner Wichtigkeit.

So verstrichen weitere Augenblicke, bis Mara etwas Warmes zu sich nehmen konnte. Währenddessen lauschte sie weiter unverblümt und weiter sinnlos darauf erpicht, der sinnentleerten Triade des sinnlosesten Gesprächs aller sinnlosen Gespräche zwischen dem einen normalen Leben und dem anderen normalen Leben.

Zu Beginn drehte sich die Konversation um sinnlose Kleidung, „wo hast du das gekauft?", „wo jenes?", dann bewunderte das eine normale Leben sinnloserweise die mäßigen Diäterfolge des anderen normalen Lebens, bis sich folglich der Schwerpunkt auf das absolut beliebteste Thema dieser beiden Frauen legte: auf das Schmachten und Schmachten lassen der Männer.

„Ich kann ihn nicht verlassen. Ich liebe ihn doch so sehr!", klagte das eine normale Leben.

„Aber dieses Arschloch ist fremdgegangen. Er hat dich betrogen, mit ner anderen gefickt. Eiskalt, ohne an dich zu denken", entgegnete das andere normale Leben plakativ bestürzt und nippte kopfschüttelnd, ihre Empörung äußernd, an dem billigen Weißwein.

„Aber es war ja auch meine Schuld, hätte ich nicht so viel gemeckert, wegen der Arbeit und dem Geld und das er so oft mit seinen Kumpels unterwegs ist. Ich hätte ihm einfach mehr seine Freiheit lassen sollen, dann hätte er sich nicht woanders ausgetobt", gestand das eine normale Leben ein.

„Wahrscheinlich hast du recht. So ist das eben mit den Männern, man kann nicht mit ihnen, aber auch nicht ohne sie", bekräftigte das andere normale Leben.

Auf diese sinnloseste Aussage aller sinnlosen Aussagen stießen beide normalen Leben sinnloserweise resigniert an und beide normalen Leben lachten in diesem Sinne herzhaft laut und sie lachten in diesem Sinne ohne Sinn.

„Unfassbar", murmelte Mara und kniff ihre Augen verständnislos nach diesem sinnlosen Gespräch zusammen.

„Unfassbar", ging es ihr erneut durch den Kopf.

„Das kann ja wirklich nicht deren ernst sein", dachte sie abermals unschlüssig und rührte gedankenverloren in ihrem nun fast schon lauwarmen Kaffee, den der Kellner einigen Minuten zuvor brachte.

„Wenn Moritz mich betrügt. Nein! Das würde er niemals tun", überlegte sie.

Mara dachte an eine sinnvoll balancierte Freiheit, die man sinngemäß seinem Partner geben sollte und die man in diesem Sinne auch selbst von seinem Partner erhalten möchte.

„Hatte Moritz nicht alle Freiheiten? Er ist kaum da und wenn er es ist, ist es, als wäre er abwesend. Hat er vielleicht doch auch eine Andere?", gestand sich Mara ein und ein tückischer Schauer überfiel sie sinnloserweise.

Wie Mara, so konnte ich mir Moritz nicht sinnlich vergnügt mit einem anderen normalen Leben vorstellen. Der befremdende Gedanke, Moritz könnte sinnlich ein anderes normales Leben küssen war für uns nicht fassbar. Illusorisch schien diese sinnfreie Idee, er könne sein sinnliches Herz einem anderen normalen Leben schenken.

Doch in diesem Sinne gestand sie sich auch ein „trotzdem" ein und gab „es wäre doch auch möglich" zu. Und dann dachte sie: „Einiges könnte dafür sprechen, oder?"

Sie verwarf diese ins nirgends führenden, sich selbst verflechtenden Vorstellungen schleunigst wieder, aus Furcht vor dem sinnlosen Möglichen und widmete sich wieder ihrem mittlerweile kalten Kaffee.

Denn entspräche, diese sinnfreien Gedankenkonstrukte, die ihr alle Sinne raubten zu dem damals gegenwärtigen Zeitpunkt, der Wahrheit so hätte sie diese sinnlichen Begegnungen zwischen ihm, Moritz und ihr, einem anderen normalen

Leben, nicht wissen wollen. Sie, Mara hätte lieber wie die drei kleinen Äffchen nichts hören, nichts sehen und nichts sagen wollen.

In diesem Sinne traf Maras abschätzender Blick in dem damals gegenwärtig sinnlosen Gedankenmoment, den sinnlosen anzüglichen Blick des einen normalen Leben am anderen besetzten Tisch.

Sie, Mara von sich selbst erschrocken, wand sich schnell wieder ab und in diesem Sinne wand sie sich äußert verlegen von dem sinnlos anzüglichen Blick ab, da sie sich ertappt fühlte und nicht den sinnlosen, zwar berechtigten Eindruck erwecken wollte, sie würde die beiden schamlos beobachten und verurteilen und in diesem Sinne wollte sie so ihre harmlose Neugier ungeschehen machen.

„Uff" stieß das andere normale Leben schmälernd aus und Mara schien es, als hätten diese beiden normalen Leben, mit ihren Sinnen wortlos gesprochen und als hätte so das eine normale Leben zu dem anderen normalen Leben gesagt: „Was guckt die da hinten so sinnlos."

Mara war dieser Unsinn nun zu viel. Sie stand auf, bezahlte ihren Milchkaffee bei dem fortwährend in sein sinnfreies Telefon vernarrten, sinnlosen Kellner und verließ sinngemäß zügig das sinnlose Café.

Weitere sinnlose acht Minuten musste Mara auf die Bahn warten und sie zündete sich eine Zigarette an, so wie sie es immer tat, wenn sie sinnlose Minuten verbringen musste.

Und sie wartete.

Sie, Mara schaute auf die Anzeigetafel.

„Acht Minuten" noch.

Und sie wartete.

Ein erneuter Blick auf die Tafel verriet ihr, Mara „acht Minuten" noch.

Und sie stellte sich die Frage: Worauf wartete ich eigentlich? Auf welchen Zug will ich aufspringen? Wer oder was würde mir gestatten mit zufahren? Wohin soll meine Reise gehen? Was ist denn mein Ziel?

„Lächerlich", ermahnte sie sich selbst. Doch sind solche Gedanken keineswegs sinnlos, denn sie stellen einen ersten Schritt von dem normalen Punkt eines sinnlosen normalen Lebens zu einem unnormalen Punkt des sinnvollen unnormalen Lebens dar.

Solche Fragen sind keineswegs lächerlich oder sogar belustigend, sondern äußerst sinnvoll, da sie als die ersten Punkte zur Hinführung des gewissen Punktes heranreifen und den Weg zur eigenen Gewissheit ebnen.

Mara stieg schwankend vor Entmutigung in die Bahn ein. Sinnfreie Lichter schlichen sinngemäß langsam an ihr vorüber. Dunkle und helle Straßenecke, sowie saubere Straßen und sinnlos vermüllte Gassen und menschenleere und sinnlos befüllte Gegenden mit sinnfreien Menschen und sinnhaften Graffitis sowie sinnfreiem Gekritzel an den Wänden kreuzten ihren sehnlichen Blick und sie, Mara nahm dieses sinnhafte Kreuzen des eigenen sehnsuchtsvollen Blickes wahr, als eine sinnlose Welt und sie nahm diese Welt wahr, als eine seltsame Absurdität.

Mara sah dieses sinnfreie Dasein und sie nahm diese seltsame Umgebung in sich auf, als sei es eine sinnfrei konstruierte Modellstadt, die in diesem Sinne gar nicht real existiere und sie, Mara irre passiv in diesem strukturierenden Model wie eine sinnlos dirigierte Marionette, die sinnloserweise von irgendetwas Sinnfreiem oder von irgendjemanden ohne Sinn, gesteuert wurde und Mara fühlte sich, als ein Abdruck einer billig verbreiteten Kopie. Doch echt war sie nicht, nur ein Abklatsch und das alles schien ihr zu abstrakt, als das es eine Wirklichkeit darstellen könnte.

Die Bahn ruckelte bei jeder Kurve beträchtlich und die Bahn wackelte bei jeder Biegung erheblich und hinterließ sinnlos quietschende Geräusche der Achsen.

Für Mara stiegen sinnlose normalen Leben aus der Bahn aus und andere sinnlose normale

Leben stiegen in die Bahn ein. Jedes für sie, Mara sinnlose normale Leben war mit sich selbst beschäftigt und Mara schienen diese normalen Leben alle von irgendetwas Sinnfreiem gesteuert zu sein und alle schienen sich ohne Sinn abzulenken, von jeglichem Sinn und kein normales Leben dieser normalen Leben in der Bahn schaute sich um oder schenkte der Umgebung, die doch das Leben preisgab, einen Blick.

Als Mara an diesem sinnlosen Abend die Haustür des unnormalen Hauses aufschloss, freute sie sich auf einen gemütlichen Ausklang dieses völlig sinnlosen Tages und auf ein wenig Zweisamkeit mit Moritz. Vielleicht tranken sie ja einen die Sinne anregenden Wein oder vielleicht führten sie ein belebendes Gespräch oder vielleicht kam es auch zu einer sinnlich zarten Begegnung.

Als sie die Treppe hochschlich und einige Momente in Gedanken den Abend ersehnte, kam ihr blitzartig in den Sinn: Er würde gar nicht da sein, sondern in der Bar hocken. Er könne ihr gar nicht zu hören oder sie in den Arm nehmen oder bei ihr sein. Denn, er war nicht da. Nie war er da.

Ein kleiner Hoffnungsschimmer umklammerte noch zaghaft ihre sinnlosen Erwartungen, doch nach dem sie den kalten, dunkeln Wohnungsflur betrat, wurde sie nur noch von einem milden Hauch Melancholie gestreichelt.

Nachdem sie, Mara sich unsinnige dreißig Sekunden lang die Zähne putzte, ihren traurigen Ausdruck im Spiegel betrachtete und den tristen Schimmer in den Augen nicht länger ertrug, wickelte sie sich ohne Sinn in ihre Bettdecke ein.

Sie, Mara verfluchte die unsinnig hell scheinende Lampe über dem für sie sinnlosen Badespiegel, da er durch das grell scheinende Licht jede lähmende Niedergeschlagenheit und jeden noch so kleinen unsinnig trüb dunklen Ring unter ihren Augen erfasste. Sie hasste es, dass er jede sinnfrei milde Blässe in ihrem Gesicht und jedes sinnlos stockende Zucken unter ihren Tränensäcken aufdeckte und sinnloses ihr Sein wörtlich entgegenzuschleudern schien, als ein Mahnmal. Alles schien es zu entschleiern und sie, Mara konnte einfach nichts mehr verbergen, denn alles schien ihr Gesicht zu fassen.

An Schlaf war zu diesem damals gegenwärtigen Zeitpunkt nicht zu denken. Mara lag sinnlos wach in ihrem normalen Bett und unsinnige Gedanken schwirrten unsinnig, da ziellos und völlig sinnlos durch ihren schwer grübelnden Kopf.

Sie sehnte sich so schmerzhaft nach einer mit allen Sinnen umfassenden zarten Umarmung von

Moritz und sie sehnte sich überhaupt derart sehnlichst nach Moritz erlösenden Pulsschlag, dass ihr die vermeintliche Ruhe geben sollte, die sie so sehr begehrte.

So vergaß sie sich in absurden Träumereien von seinen, Moritz sinnlichen und verheißungsvollen Berührungen und in diesem Sinne träumte sie von einem sinnlichen Zuflüstern: „Das wird schon wieder."

Doch sie, Mara fragte sich ernsthaft: „Was sollte wieder werden? In einem Jahr werde ich mit dem Studium fertig sein, was dann? Wird es dann schon werden? Was wird schon werden? Wie wird es werden? Wo soll es mit Moritz werden? Wird es überhaupt weitergehen?"

Ein fortwährend verflechtendes Kreisen verwickelte sich unaufhörlich zu einer sinnfreien Phantasiespirale. Sinnlose Fragen drehten sich und sinnlose Fragen gerieten wiederkehrend und tiefer in einen sinnfreien Sog aus unsinnigen Zweifeln und zu einem späteren Zeitpunkt, gerieten diese sinnlosen Fragen fortwährend in einen sinnfreien Sog aus berechtigten Befürchtungen.

Zu dem damals gegenwärtigen Zeitpunkt erträumte sich Mara unsinnig verwischende Szenarien. Gigantische Luftschlösser gebaut aus flehendem Wunschdenken, enthielten unsinnig leugnende Darstellungen:

Darin hatten Mara und Moritz wunderbare Kinder und wohnten an einem grandiosen See und waren mit einem riesigen erhabenen Baum vor der hölzernen Haustür des Bauernhofes ausgestattet, in dem sie mit allen Sinne den ruhenden See vor ihrem Traumhaus genießen konnten.

Dann sah sie, Mara ihn, Moritz wie er sie liebevoll umgarnte und wie er sie endlich erlösend vergötterte und wie er die Wunschkinder fürsorglich umsorgte und in diesem Sinne sah sie sich mit ihrem großartigen Abschlusszeugnis in der Hand und sie sah sich von einer Schar jubelnder Freunde, natürlich vom Prüfungsamt abgeholt werdend und in diesem Sinne sah sie ihren knienden Vater, wie er voller Stolz die Tränen nicht mehr zurückhalten konnte und so sah sie, ihre neidvolle Schwester wie sie sich voller Demut verbeugte.

Nun schmunzelte Mara und schmiegte sich an diese illusorischen Gedanken, während sie sich sinnlich schmachtend in die wärmende Decke ihres normalen Bettes kuschelte.

Doch zu diesem damals gegenwärtigen Zeitpunkt gesellten sich neben den sinnentfremdeten Luftschlössern, die unsinnige Szenarien enthielten, erste wirkende Zweifel und aus diesen sinnesfernen Luftschlössern entsprang ihre permanent lauernde Furcht vor dem Möglichen.

„Will Moritz mich überhaupt? Wo sollen all die Freunde herkommen, die sich bei meinem Abschluss mit mir freuen?", fragte sie, Mara sich.

Sie dachte an ihren unempfänglichen Vater und an ihre resignierte Schwester. Kleine, fast kaum bemerkte und doch grausame Kindheitserinnerungen sprangen ihr ohne jeglichen Sinn vor das geistige Auge und trampelten den lang ersehnten Schlaf endgültig nieder.

Die Gedanken gelangten zu jenem Tag, als sie mit ihrer Schwester Rebekka und ihrem Vater Werner einen Spaziergang unternahm. Sie müsste etwas elf Jahre alt gewesen sein. Kurz bevor sie das normale Reihenhaus erreichten, in dem sie zu diesem damals gegenwärtigen Zeitpunkt wohnten, sollte Mara sinnloserweise zügig und abrupt in das normale Reihenhaus rennen und eine sinnlose Decke aus dem Kellerregal holen.

Sie rannte hastig und ihr nervöses Herz schlug ihr sinngemäß bis zum Hals. „Wo war die Decke gleich noch mal? Wo sollte ich sie holen?", geriet Mara sinnlos in Panik und versuchte alle Sinne beisammenzuhalten.

Zutiefst verängstigt auch ja nichts weiter zu vergessen, was der sinnlos schmälernde Auftrag enthielt, stürmte Mara in den sinnlosen Keller und sah sich vor einer gigantischen Wand, bestehend aus unzählig sinnlosen Regalen wieder. Auf einmal schien es ihr, als sei sie sinnlos, winzig und unfähig einen sinnvollen Überblick zu verschaffen. Alles verschwamm irgendwie, alles war gigantisch groß und sie konnte die Formen nicht mehr voneinander unterscheiden.

Sie konnte keine Decke sehen. Hin und her starrend suchten ihre Augen nach einer ihr bekannten Überwurf, oder eines deckenähnlichen Gegenstandes. Doch sie sah nichts mehr. Mara war schlicht überwältigt von der sinnlosen Angst, sie könne etwas falsch machen oder etwas Sinnhaftes übersehen und genau aus diesem Grund übersah sie einfach alles. Mara konnte sich auf keinen sinnvoll festen Punkt fixieren.

Rebekka und Werner, denen Mara stürmisch vorausgeeilt war, betraten den Kellerraum und lachten lautstark. Sie lachten so herzhaft sinnfrei über Maras vermeintliches Misslingen, dass sie in trostlosen Tränen ausbrach. Durch dieses sinnlos bittere Weinen wurde deren, Rebekkas und Werners, sinnfreies Lachen nur noch zerreißender.

„Du Heulsuse" sagte ihr Vater in diesem Sinne entwertend „da ist sie doch, du Blindfisch" und sie, Rebekka und Werner, verließen den sinnlosen Keller, in dem sich das sinnlos erniedrigende Ereignis abspielte und indem sie, Mara zu diesem damals gegenwärtigen Zeitpunkt, als sie Elf Jahre alt war, noch immer völlig sinnlos überwältigt und überflüssig gedemütigt und alleingelassen zurückblieb.

Unruhig drehte sich Mara in ihrem Bett hin und etwas aufgeschreckt rutschte sie in ihrem Bett her. Sie schüttelte ihren Kopf abwehrend und versuchte von etwas Sinnvollerem zu träumen oder etwas Erfreulicherem nachzuhängen.

Das gelang ihr, Mara jedoch kaum, da ihre Sinne bereits in einer sinnlos zerrenden Spirale aus sinnlos drückenden Gedanken gefangen waren. Es gelang ihr einfach nicht einer sinnhaft neutralen Vorstellung oder einer sinnvollen beruhigenden Geschichte, der sie sich hätte hingeben können, nachzugehen, um sinnvoll selbstvergessen in einen sinnhaften Schlaf zu sinken.

Erst als die Nacht allmählich ihre düsteren Schatten verlor, verlor auch Mara ihren hartnäckig grübelnden Vorstellungsstrang, der sie wie eine enthüllende Spirale aus sinnschweren Gedanken steuerte und sie ließ diesen endlich los und sank völlig erschöpft in einen traumreichen Schlaf.

Sie, Mara kam gerade aus der Dusche. Nur mit einer schwarzen Hose bekleidet und den Oberkörper durch ein Handtuch verhüllt, öffnete sie eine schwere, eiserne Tür, hinter der die Beerdigungsfeier ihrer Tante Anna stattfand. Alle normalen Leben starrten sie, Mara ihres unsinnigen

Aufzugs wegen entsetzt an. Sie verlief daraufhin zügig die andächtige Feierlichkeit, um sich in einer sinnvolleren Garderobe zu kleiden.

Nun, mit einer dem traurigen Anlass entsprechenden Aufmachung in Form einer schwarzen Bluse, suchte sie in dem riesigen Gebäude einen direkten Rückweg zu der unsinnig fröhlichen Feierlichkeit.

In ihrem Suchen gelangte Mara durch einen langen düsteren Flur, welcher unsinnigerweise in drückendes, graues Licht getaucht war. Plötzlich und ohne jegliche Vorwarnung zerbrach die schwere Glastür, durch die sie, Mara eben noch geschritten war. Auf dem gefliesten Boden lang ein handgroßes Stück Scherbe, das unsinnigerweise von einem hellblauen Rahmen umgeben war.

Behutsam hob Mara dieses handgroße Stück Scherbe auf, welches einem winzigen Spiegel glich, und betrachtete sich darin, ohne jedoch in dieser durchdringenden Versunkenheit ein eigenes Spiegelbild entdecken zu können.

Die sinnlos klaffenden Seiten des herausragenden Stückes, entfernte sie sorgfältig, sodass sie sich keine sinnlosen Schnittverletzungen zufügen konnte. Ein kleines niedliches Mädchen stand sinnlos eingeschüchtert in einer Ecke des grauen Flurs und war dem zutiefst erniedrigendem Zorn zweier älteren weiblichen normalen Leben ausgesetzt, die das sinnhafte kleine Mädchen sinnloserweise für das zerbrochene Glas verantwortlich machten.

Mara überreichte dem kleinen Mädchen, die hellblau umrahmte Scherbe und versicherte ihm, dass seine Schuld an dem Vorfall Unsinn sei.

„Lass dir nichts einreden", ermahnte sie, Mara es, das sinnhaft kleine Mädchen eindringlich. „Die Tür war alt."

Um die unsinnig stattfindende Feierlichkeit noch zu erreichen, musste Mara unsinnigerweise sinnlos hastend in einen normalen Zug einsteigen. Nachdem sie abgehetzt und völlig aufgelöst ein Abteil betrat, erkannte sie, dass das Einsteigen Unsinn war, denn der Zug war der falsche. Sie protestierte vehement und sie schrie den Fahrer des falschen Zuges an. Sinnlos hämmerte sie gegen die schwere Fahrerkabine, doch kein normales Leben reagierte sinngemäß in dem sinnfrei voll besetzten Waggon auf sie. Mara schrie in diesem Sinne abermals hilflos, doch kein normales Leben schenkte diesem sinnlos bitteren Klagen sinnhafte Beachtung.

Der Fußboden begann sich sinnloserweise zu drehen und unsinnigerweise tat sich ein reißendes Loch, in dem sich drehenden Fußboden auf, das Mara unaufhaltsam abwärts zog. Sie flehte sinnlos nach Hilfe, doch kein normales Leben nahm sie wahr und kein normales Leben hörte ihre sinnlosen Schreie und kein normales Leben schenkte ihr auch nur einen einzigen, sinnhaften Blick und Mara schrie laut los.

Mit einem heftigen Ruck schrak Mara auf und saß absolut gerade in ihrem normalen Bett. Sie atmete tief ein und sie atmete tief durch und sie war bewusst erleichtert, dass die zu diesem damals gegenwärtigen Zeitpunkt erlebten Unsinnigkeiten lediglich ein sinnloser und ganz seltsamer Traum war.

So schaute sie, Mara ergriffen neben sich und sie sah Moritz vertraut und wie gewohnt neben ihr liegen. Er lag so sinnlich ruhig da und schlummerte friedlich, dass Mara sich in diesem Sinne sinnvoll an ihn kuschelte und bald darauf wieder einschlief.

Dieser sinnlose Tag war der erste ausschlaggebende Tag, zur sinnvollen Überschreitung des sinnlosen normalen Lebens mit seinen normalen Punkten, zu einem anfänglich sinnvollen unnormalen Leben mit einem gewissen unnormalen Punkt.

Mara war sich der sinnhaften Überschreitung der Punkte, die sie nun erreichte, zwar zu dem damals gegenwärtigen Zeitpunkt noch nicht bewusst, doch war dieser erste unnormale Tag mit seinen ersten kleinen unnormalen Punkten, eine sinnvolle Hinführung zum gewissen Punkt.

Mara's Gewöhnung

Rebekka, die Schwester Maras stand eine Woche, nachdem Mara ihren ersten unnormalen Tag und somit den ersten unnormalen Punkt erreichte, ungeduldig am Bahngleis drei und wartete wie gewöhnlich auf ihren Cousin Karl. Als sie die Durchsage der gewohnten Verspätung des normalen Zuges hörte, fluchte sie leise verächtlich.

Den ganzen normalen Tag über tat sie, Rebekka das bereits, dieses leise verbitterte Fluchen. Sie verteufelte wie gewöhnlich die Post am Vormittag, die ihr Büro ungewöhnlich heftig mit Briefen überschüttete, was sie gemäß ihrer Gewohnheit dazu veranlasste, lautlos ihren Chef zu verfluchen, der daraufhin noch einmal einen riesigen Stapel mit Rechnungen, Kostenaufstellungen, Kundenreferenzen und Abschlussbilanzen auf den gewöhnlichen Stapel von Rechnungen, Kostenaufstellungen, Kundenreferenzen und Abschlussbilanzen auf ihren Schreibtisch prassen ließ.

An diesem damals gegenwärtigen Mittag traf sie ganz im Sinne einer ungewöhnlichen Begegnung Moritz, der eine bedrückende halbe Stunde unaufhörlich und ungewöhnlich eindringlich über Mara sprach. Seine, für Rebekka ungewohnt dringenden Fragen über ihr, Maras einsiedlerisches und darum für ihn, Moritz ungewohntes Verhalten nervten Rebekka bis zur schlagartigen Auflösung ihrer gewohnten Selbstbeherrschung.

Sein, Moritz Nichtzufriedensein über ihre, Rebekkas gewöhnlichen Antworten reizten sie dermaßen, dass sie an kritischer Schwelle eines nahenden Wutausbruches stand und auf seine fordernden Erkundigungen: „Was ist denn mit ihr los? Geht es ihr gut? Sie benimmt sich so merkwürdig und wird immer rätselhafter. Sie ist kaum noch ansprechbar und zieht sich mehr und mehr zurück. Was hat sie nur?“, ungewöhnlich harsch erwiderte: „Was fragst du mich? Verhör sie doch selbst, schließlich lebt ihr zusammen und ich sehe Mara nur sporadisch, wenn überhaupt.“

Danach fühlte sich Rebekka leer, so als hätte diese Abwehr ihr die letzte Kraft gekostet und gleichzeitig fühlte sie sich ungewöhnlich elektrisiert, so als erregte diese Wut etwas Unerhörtes in ihr.

Obwohl die gewöhnliche Antwort Rebekkas auf Moritz bewusste Erkundigungen ganz normal schien, denn sie handelte stets ihrer Gewohnheit nach: Genervt, harsch, cholerisch oder wütend. War doch diese infantile Reaktion Rebekkas, welche selbst für das jeweilig normale Gegenüber, zu diesem damals gegenwärtigen Zeitpunkt Moritz, ungewöhnlich, da sie selbst keine für Rebekkas gewohnte Reaktion auf eine normale Situation darstellte.

Das unnormale Leben benötigt unbedingt Zeit der Gewöhnung an ungewöhnliche Situationen und es nutzt diese Zeit der Gewöhnung an sich gewöhnlich und für sich zuweilen ungewöhnlich, während das normale Leben diese notwendige Zeit der Gewöhnung nicht in Anspruch nimmt und auch gar nicht in Anspruch nehmen kann, da das normale Leben kaum aus seinen normalen Gewohnheiten heraustritt.

Es finden dennoch ungewöhnliche Situationen statt, die selbst für das normale Leben ungewöhnlich oder ganz außerordentlich schockierend erscheinen. Doch nicht etwa, da sich das normale Leben auf ungewöhnliche Weise befremdend mit einem unnormalen Leben konfrontiert sieht oder gar auf ungewöhnliche Art mit dem unnormalen Leben in Kontakt treten muss, sondern da zwei normale Leben unsinnigerweise fatal oder auch ganz drastisch in eine ungewöhnliche Situation geworfen werden.

Für gewöhnlich stellt dieses Verhalten kaum eine Ungewöhnlichkeit dar, nicht etwa für Rebekka und auch nicht für Tausende andere normale Leben, denn solche üblichen Situationen, solche, in denen unangebracht harsche Antworten auf normal harmlose Erkundigungen gegeben werden, finden für gewöhnlich ständig statt. Diese harmlosen Erkundigungen erwecken lediglich den trügerischen Schein einer ungewöhnlichen Situation, da die gewöhnliche Norm (wer auch immer eine solche festgelegt hat) danach trachtet, auf normal gestellte Erkundigungen, gewöhnlich normale Antworten und nicht auf normal gestellte Erkundigungen ungewöhnlich harsche Äußerung zu erhalten.

So war diese scheinbar ungewöhnliche Situation eigentlich keine so ungewöhnliche Situation, sie stellte lediglich eine ungewohnte Situation für Moritz dar, ausgelöst durch die trotzige Antwort Rebekkas und diese scheinbar ungewöhnliche Situation war auch für Rebekka keineswegs eine allzu ungewohnte Situation, da sie lediglich nach ihrer Gewohnheit, gewöhnlich abschätzig, reagierte.

Rebekka stand gemäß der Gewohnheit, wenn sie auf ihren Cousin Karl wartete, am Bahnsteig drei und versuchte wie gewöhnlich, die trübe Laune dieses normalen Tages von sich abzuschütteln.

Ungewöhnlich leise und ungewohnt sanft nieselte Regen auf ihre Stirn und berührte mildernd ihre Nasenspitze, was ihr für einen ungewohnten Augenblick und für einen erlösend winzigen Moment ein Gefühl von Ausgeglichenheit gab.

Doch wie gewöhnlich konnte sie kaum eine verweilende Geduld und auch keine gewöhnlich stille Zufriedenheit aufbringen, um auf den normalen Zug zu warten, in dem wie gewöhnlich Karl saß, wenn sie, Rebekka und Karl, sich ihrer Gewohnheit entsprechend, alle paar Monate einmal trafen.

Ihre Nerven schienen ihr ungewohnt schwach. Sie konnte nicht gedankenverloren auf ein Ding starren oder verträumt die Kacheln am Boden betrachten. Ihre Augen schwirrten ruhelos hin und ihre Augen wetzten ziellos her. Sie war nicht fähig wie gewohnt ihren Blick an einem gewöhnlichen Punkt haften oder sich zu einer trivialen Ablenkung hinreißen zu lassen, damit die Minuten ganz normal verstreichen.

Ungewöhnlich ruhelos hin und ungewöhnlich ruhelos her schreitend, sah ich sie in der Mitte des Bahnsteigs und wir begrüßten uns wie gewohnt. Sie, Rebekka konnte sich jedoch kaum einen Moment auf mich konzentrieren oder die Banalitäten der Höflichkeit tauschen und blickte wiederkehrend auf die Uhr und alle Dreißig Sekunden auf die Anzeigetafel.

Gewohnheiten sind meist Dinge oder die Art von einem Ding oder die Weise von einem Sein, welche sich im Laufe der gewöhnlichen Zeit die normalen

Leben erwarben. Sie organisieren wie gewohnt das bewusste Leben und sie strukturieren ihrer Gewohnheit entsprechend das normale Leben.

Gewohnheiten im normalen Leben können reflexartig ausgeführt werden und Gewohnheiten im normalen Leben sind immer wiederkehrend und darum kaum umkehrbar. Gewohnheiten sind Handlungsschemen, die durch Wiederholungen zu Gewohnheiten werden.

Stets ihrer Gewohnheit entsprechend handeln die normalen Leben und gewöhnlich benötigen die normalen Leben keine Zeit der Gewöhnung, da ihr normales Leben ein Prozess der Gewöhnung an die Gewohnheit an sich und die Umsetzung der Gewohnheit an diese darstellt. So ist der Prozess der Gewohnheit gleichzeitig die Umsetzung der Gewohnheit, wodurch Zeit der Gewöhnung für sich entfällt.

Ungewöhnlich scheinen nur jene zu sein, welche den gewöhnlichen Lauf der Gewohnheit verlassen, so wie an diesem Tag Rebekka aus ihrer gewohnten Bahn ihres normalen Lebens ausbrach. Sie tat das jedoch nicht auf eine neu schaffende oder ungewöhnliche Weise, sondern auf eine normale gewöhnliche Art. Was ungewöhnlich schien, war lediglich eine ungewohnte herkömmliche Weise für Rebekka und schuf nur den Trug einer Ungewöhnlichkeit.

Wie gewöhnlich stand ein junges Paar am Ende des Bahnsteiges, denn für gewöhnlich stehen immer junge Paare am Ende eines Gleisabschnitts.

Das junge Paar, selbstvergessen ineinander vertieft und sichtlich ineinander vernarrt, vergaßen gemäß der gewöhnlichen Vertiefung füreinander die normale Welt um sich herum und kümmerten sich nicht um das gewöhnliche Treiben der anderen normalen Leben.

Er, das eine normale Leben, war ungewöhnlich klein, etwa einen Meter sechzig und versuchte sie, das andere normale Leben, das dieselbe gewöhnliche Größe hatte, gemäß der Gewohnheit eines jungen Paares, sich auf einen Geländeabsatz zu setzen, sie emporzuheben. Dieses Auf-einen-Geländeabsatzheben bei jungen Paaren findet gewöhnlich statt, da sie, die jungen Paare, es in gewöhnlichen Filmen oder gar ungewohnten Musicals sahen, in denen sich Paare auf einen Geländeabsatz hoben. Am Ende des Bahnsteigs drei, überschätze jedoch das eine normale Leben seine gewöhnliche Stärke auf amüsante Weise und schlug seine Partnerin mit dem Rücken ungewöhnlich heftig gegen die Brüstung, was ihr erhebliche Schmerzen zugefügt haben muss.

Ich fand solch einen Vorfall gemäß meiner Gewohnheit vollkommen belustigend und Rebekka, die zu diesem damals gegenwärtigen

Zeitpunkt schweigend neben mir stand, fand ihrer Gewohnheit entsprechend diesen Vorfall keineswegs amüsant, besonders da sie sah, dass sich die beiden normalen Leben nach dem kleinen Zwischenfall pausenlos fotografieren mussten.

Abermals starrte Rebekka nervös auf die Uhr: 15:10.

„Der Zug hätte längst da sein müssen", fluchte sie leise ätzend und gemäß meiner Gewohnheit mich bei abschätzigem Verhalten zurückzuziehen, schwieg ich, wie ich immer schwieg, wenn Rebekka für gewöhnlich leise verachtend etwas murmelte. Denn ich kannte ihre, Rebekkas Gewohnheiten schon so lange, viel länger als ich Maras Gewohnheiten zu diesem damals gegenwärtigen Augenblick kannte, um zu wissen, wann ich für gewöhnlich zu schweigen habe, um nicht ihre, Rebekkas Gewohnheit folgenschwer auszureizen.

Wie gewöhnlich in einem Bahnhof sahen wir von Zeit zu Zeit am Ende der Gleise zwei Lichter näher und näher auf uns zu kommen. Doch gemäß der Gewohnheit, dass am Bahnhof für gewöhnlich mehrere Züge einfuhren, wechselte dieser kurz vor der Einfahrt das Gleis und steuerte auf einen anderen Bahnsteig zu.

Genervt, wie gewohnt, zündete sich Rebekka eine Zigarette an und zuckte ungewöhnlich plötzlich und in diesem Sinne erschrocken durch das aufdringliche Klingeln eines gewöhnlichen Telefons neben uns zusammen.

„Ja. Okay", sprach das normale Leben mit ungewöhnlich lieber Stimme und mit auffallend besänftigtem Klang am Telefon: „Na klar. Nein der Zug müsste gleich kommen. Ja. Genau. Ja. Nein, ich stehe schon am Bahnsteig. Ja. Genau. Alles klar. Okay. Bis gleich. Ja. Gut. Ich mich auch." Nachdem das normale Leben wie gewohnt das Gespräch beendete, hörten wir ein leises und ungewöhnlich aggressives „Halt-doch-die-Fresse" Gemurmel.

Dieser Vorfall amüsierte nun auch Rebekka, da sie für gewöhnlich Vorfälle amüsant fand, in welchem Aggressionen zum Ausdruck gebracht wurden. Sie, Rebekka lachte.

15:12 Uhr.

Mit einem zufriedenen Schmunzeln im Gesicht, ungewöhnlich für Rebekkas sonst ernte Miene, atmete sie tief ein, um diesen für sie fröhlichen Moment ganz im Sinne einer Ungewöhnlichkeit zu genießen.

Doch ein anscheinend stechender Herzschmerz ließ sie schnell wieder wie gewohnt krampfartig zusammensinken. Sie schmiss die Zigarette in den Aschenbecher.

15:13 Uhr.

Wieder erblickten wir zwei gewohnte Lichter eines gewöhnlichen Zuges am Ende des Gleises.

Sie, Rebekka starrte diese Lichter unentwegt und ungewöhnlich forschend, ja beinahe herausfordernd an und ein anscheinend ungewöhnlich erschreckendes Glotzen oder ungewöhnlich besessener Blick, muss in diesem damals gegenwärtigen Augenblick von ihr ausgegangen sein, da sich das normale Leben, nachdem es das gewöhnliche Telefonat beendete, ungewöhnlich irritiert von ihr, Rebekka ab wand, als er sie anschaute.

Gemäß ihrer Gewohnheit spähte sie, Rebekka mit ausgestrecktem Hals nach dem gewöhnlichen Zug, der am Ende der Gleise zu sehen war und mir schien es, als versuche sie auf ungewöhnliche Weise, mit fest hypnotischen Blicken dessen Fahrtrichtung zu beeinflussen. Anscheinend mit Erfolg. Der Zug, indem wie gewohnt Karl saß, wenn er gemäß seiner Gewohnheit seine Cousine Rebekka alle paar Monate besuchte, fuhr tatsächlich auf das Gleis ein, auf dem wir uns befanden.

Als die ersten normalen Leben ausstiegen, streckte Rebekka gemäß ihrer Gewohnheit den Kopf suchend in die normale Masse um Karl schnellstmöglich ausfindig zu machen. Nach bereits wenigen Augenblicken sahen wir ihn wie gewöhnlich lächelnd auf uns zukommen, an dem Tag, eine Woche nachdem Mara, ihren ersten unnormalen Tag hatte. Wir begrüßten uns eingehend und Rebekkas gewöhnliche Gereiztheit verblasste für gewöhnlich ein wenig.

Mara und Rebekka sind mit Karl aufgewachsen. Er ist der einzige Sohn ihrer Tante Sabrina, die Schwester ihres Vaters Werner. Karl war in seiner Kindheit ein ungewöhnlich verschlossener Junge gewesen und ein gewöhnlicher Mitläufer anstatt ein ganz ungewöhnlicher Macher, der andere durch seine ungewöhnlichen Ideen mitreißt, wie er sich selbst gern inszeniert.

Mir schien er zunächst als jemand ganz und gar Gewöhnliches, doch ein zeitweilig ungewohnt und eindringlicher Blick seinerseits verriet fortwährend etwas Gewitztes. Es schien mir, als sei eine zweite Natur in ihm, auf eine ungewöhnliche Weise entstanden. Diese zweite ungewöhnliche Natur schien mir als ein permanentes Warten und darum als ein angewöhntes Verharren und es schien mir so, als würde Karl auf etwas Ungewöhnliches lauern, dass er dann packen und ungewöhnlich fest greifen könne, um im Sinne seiner zweiten Natur seinen angewöhnten Willen eine ungewohnte Macht zu verleihen.

Karls Charakter war widersprüchlich und sein Handeln war ungewöhnlich ambivalent. Wenn seine angewöhnten Bestrebungen gewöhnliche Dinge an sich zu reißen in seiner normalen Kindheit scheiterten, schmiss er gemäß seiner Gewohnheit alles, was sich für gewöhnlich in seiner Nähe befand, wütend von dessen Platz und er schrie quietschend laut und er wurde bis auf das äußerste aggressiv. Dabei schlug er gewohnheitsmäßig ohne Rücksicht ausholend um sich.

Karls Mutter und seine Großmutter, wie auch sein Onkel, Maras Vater und auch Karls Lehrer, all diese normalen Leben redeten nach den gewohnten Eskapaden auf ihn, Karl fortwährend ein, dass er seine ungewöhnlich ausdauernde Wut unter eine gewohnte Kontrolle halten müsse, damit er, Karl sich später auch in der gewöhnlichen Gesellschaft zu beherrschen lerne und damit er, Karl gewohnheitsmäßig „nicht in der Gosse lande", wie die anderen normalen Leben sagten.

Das Bitten und dieses ständige Flehen nach Selbstkontrolle fruchteten allmählich in Karls Jugendjahren, nachdem einige ungewöhnliche Gewalttaten bis ins Brutale ausuferten und sie fruchteten dermaßen, dass Karl eine solch antrainierte Kontrolle und gewohnte Herrschaft über sich selbst und dann über andere normale Leben ausübte, dass er beinahe zum Meister der emotionalen Manipulation wurde.

Karl tat dies jedoch niemals gewöhnlich oder offensichtlich, sondern auf eine ungewöhnlich eigene und angewöhnt versteckt und stille Art und lautlose Weise. Um seine cholerischen und grenzüberschreitenden Wutausbrüche wie gewohnt zu lenken und um gewöhnlich reagieren zu können, wurde er gemäß der neu erlernten Gewohnheit allmählich phlegmatisch und verfiel scheinbar zu einem gewohnt schweigsamen Mitläufer.

Doch sein zeitweiliger ungewöhnlich starrer Blick verriet ihn. Der fortwährend ungewöhnliche Ausdruck in seinen Augen entschleierte unaufhörlich etwas ungewohnt Anderes und etwas ungewohnt Tieffliegendes, etwas, dass mir sehr unheilbar und extrem düster erschien. Auch war es mir, als spähe er kontinuierlich in seinen zeitweilig ungewohnten Blicken auf eine ungewöhnliche Chance, endlich seinen ungewöhnlich leidvollen Willen durch zusetzten. Ich war mir dessen nicht ganz sicher.

Rebekka und Karl gingen mit mir in ein gewöhnliches Café am Bahnhof und wir bestellten uns gemäß unserer Gewohnheit jeweils einen trockenen Rotwein. Das ungewöhnlich prallgefüllte Lokal, mit seiner gewöhnlich rustikalen Einrichtung und ebenfalls ungewöhnlich bunt verspielten Dekoration sowie der ungewohnt freundlichen Bedienung, schien ein gewöhnlicher Treffpunkt für die beiden, Rebekka und Karl, zu sein.

Sie sprachen wie gewöhnlich ausgelassen über die gewöhnlichsten Banalitäten des Alltages: dem gewohnten Wetter, die gewöhnlichen Freunde, die gewohnte Arbeit, die gewöhnlichen Freizeitaktivitäten und letztendlich über ihre normale Familie.

Rebekka hatte gemäß ihrer Gewohnheit das schulterlange, brünette Haar zu einem gewöhnlich strengen Zopf zusammengebunden und blickte wie gewohnt Karl über ihre rote Brille hinweg, etwas argwöhnisch entgegen – so gewöhnlich kritisch sie jeden gewohnten Gesprächspartner betrachtete.

Ich beobachtete meiner Gewohnheit entsprechend, dass Karl mit ungewohnter Neugier und mit augenscheinlich gespielter Aufmerksamkeit dem Gespräch folgte. Er strich sich mit weit aufgerissenen Augen und einem penetrant, ungewohnten Nicken bei jeder Aussage Rebekkas, durch sein ungewöhnlich kurzgeschnitten aschblondes Haar oder umklammerte sein Weinglas ungewöhnlich fest. Seine linke Hand hielt währenddessen etwas ungewohnt krampfhaft, versteckt auf seinen Oberschenkeln fest. Ich vermutete, dieses Etwas war ein gewöhnliches

Taschentuch. Seine ungewöhnlich hängenden Schultern wandten sich verschließend von Rebekka ab.

Nachdem Karl und Rebekka das gewohnt Allgemeine, und nachdem Karl und Rebekka das gewöhnlich Alltägliche ausgetauscht hatten und Karl sich langsam seiner ungewöhnlich albernen Körperhaltung bewusst zu werden schien, lenkte er, Karl, für mich ganz und gar offensichtlich das gewöhnliche Gespräch auf ihren, Rebekkas und Maras Vater, über den sie, Karl und Rebekka während des gesamten gewöhnlichen Treffens noch nicht gesprochen hatten.

„Was macht denn eigentlich Onkel Werner?", fragte er neugierig.

„Ah das Übliche, schätze ich", antwortete Rebekka mit gewohnt wegwerfenden Handbewegung, während sie sich gemäß ihrer Gewohnheit lässig im Stuhl zurücklehnte.

„Die Welt hassen. Alles beschimpfen, was es zu beschimpfen gibt und nebenbei noch Fotos angucken. In der guten alten Zeit schwelgen.", amüsierte sich Rebekka, während ihr ein zynisches Lachen entwich, das sie wie gewöhnlich mit einem großen Schluck Wein wegspülte.

„Kommt er denn so alleine überhaupt noch zurecht?", bohrte Karl weiter nach und beugte sich, die Hände ungewohnt faltend und nach Rebekka trachtend, über die normale Tischkante.

Rebekka senkte entgegen ihrer Gewohnheit den Kopf und ungewöhnlich schwer einatmend gab sie, Rebekka zu: „Ich weiß es nicht. Ich denke aber schon, so oft sehe ich ihn nicht mehr."

„Und zahlt er denn Unterhalt für Mara? Ich meine, er hatte sich ja schon nicht an deinem Studium beteiligt, dann doch wenigsten an", unterbrach Karl sich, als er Rebekkas erschrockenen Blick sah und wie sie, Rebekka mich ungewöhnlich starr zu durchbohren schien.

Karl tat das Gleiche, sodass ich meinen gewohnt beobachtenden Blick von beiden ab wand und gemäß meiner Gewohnheit weiter schwieg, um nicht den gewöhnlichen oder gar verdächtigen Eindruck zu erwecken, dass ich gewöhnliche Neugier empfand, für diese absurdverlaufende Familieneskapaden.

„Tut er das?", fragte Rebekka wütend in die Runde und sprach ungewöhnlich genervt, ganz entgegen ihrer gewohnten Gereiztheit zu Karl: „Worauf willst du denn hinaus? Ich glaube, er zahlt wie immer nichts. Seiner Meinung nach hat er uns seine Werte mitgegeben und das ist ein glorreiches Erbe. Glaubst du im Ernst, dass er jemals daran dachte, dass wir uns von seinen guten Ratschlägen und weisen Weltansichten kein Brot oder etwas zum darauf Schmieren kaufen können."

Ein ungewöhnlich leicht zuckendes Schmunzeln, da ein ungewöhnlich unterdrückt ironisches Lächeln, entglitt Karl für einen ungewohnt kurzen Moment. Mir schien es, als hätte Karl seine Cousine an einem gewissen Punkt treffen wollen und als hätte Karl seine Cousine nun an diesen gewissen Punkt gebracht. Er griff gemäß seiner Gewohnheit rasch in die rechte Brusttasche und holte wie gewohnt eine Packung gewöhnliche Zigaretten heraus.

Rebekka starrte entgegen ihrer Gewohnheit mit einem ungewöhnlich roten Kopf schwelgend gegen die Decke und gemäß meiner Gewohnheit, bei solchen Gesprächen ein gewöhnliches Unwohlsein zu spüren, fühlte ich ab diesem damals gegenwärtigen Augenblick, ein ungewöhnlich fröstelndes Unbehagen, was ich schnell wieder von mir abschütteln wollte.

Nachdem Karl sich eine gewöhnliche Zigarette anzündete und für weitere ungewohnte Augenblicke Rebekkas ungewöhnlichen Zorn wirken ließ, lehnte er sich entgegen seiner Gewohnheit selbstbewusst im Stuhl zurück.

„Mama meint auch, dass er ruhig mal seinen Beitrag an euch leisten könnte, sich finanziell beteiligen. Sie hatte auch jahrelangen Streit wegen der Auszahlung ihres gemeinsamen Elternhauses", sagte er, Karl und legte seine gewöhnliche Zigarette in den Aschenbecher. Er pustete den Rauch ungewöhnlich hörbar aus seinen Lungen und presste die dünnen Rauchschwaden in die ungewöhnlich abgestandene Luft des Lokals, bevor er weiter sprach: „Na ja, gut im Verwalten von Dingen war er ja noch nie."

„Ja, ja", antworte Rebekka gewohnt verachtend, während sie ihre Arme entgegen ihrer Gewohnheit verschränkte und den Kopf ungewöhnlich leicht schüttelte.

„Er hat Mamas Tod eben nicht verkraftet. Aber lass uns bitte nicht davon reden. Ich will jetzt eigentlich gar nicht mehr über die beiden nachdenken", entgegnete Rebekka.

Doch Karl wollte noch nicht das gewohnte Thema wechseln. Er nahm seine gewöhnliche Zigarette erneut aus dem Aschenbecher und zog so ungewöhnlich kräftig daran, bis der Filter für gewöhnlich heiß zu werden schien. Abermals beugte er, Karl sich ungewöhnlich forschend über die Tischkante und drückte nachgiebig seine Zigarette im Aschenbecher aus.

„Neulich kam ein Brief von einer Verwaltungsgemeinschaft zu Mama", sagte Karl kopfnickend.

Rebekka sah ihn ungewöhnlich an und fragte entgegen ihrer Gewohnheit verwundert: „Was denn für eine Verwaltungsgemeinschaft und was bitteschön geht mich das an?"

„Darauf stand etwas von einem Grundstück in Wert von 300.000 Euro und nun rate mal, wer der Besitzer ist", enthüllte er, Karl.

Rebekka schien in diesem damals gegenwärtigen Augenblick etwas Ungewöhnliches klar zu werden und ich sah, wie ihr Mund ungewohnt halb offen und leicht zuckend stand. Doch bevor sie was erwidern konnte, sprach er, Karl weiter und er sprach ungewohnt triumphierend weiter, über diese ungewöhnlichen Informationen: „Werner Nalan." Karl unterstrich die ungewöhnlich offenbarende Aussage mit einer dramatisch wirkenden Pause.

„Dein Vater hat also ein Grundstück und wahrscheinlich weiß er davon noch nicht einmal mehr etwas", resümierte er.

„Was?", entrüstete sich Rebekka entsetzt und nun völlig entgegen ihrer gewöhnlichen Gewohnheit.

„Ja. Das ist kein Scherz. Irgendwo in der Nähe von Berlin hat dein Vater seine Geldanlagen liegen. Genau genommen in der Prignitz, in einem Ort namens Neuruppin", erläuterte Karl, während er sich erneut eine Zigarette anzündete.

„Das ist doch nicht dein Ernst?", erwiderte Rebekka ungewöhnlich zornig und mit starr zusammengezogenen Brauen.

„Doch. Mein Voller.", entgegnete Karl abermals bekräftigend.

Ab diesem damals gegenwärtigen Zeitpunkt verabschiedete ich mich entgegen meiner Gewohnheit hastig und ich ging zügig und eilend fortschreitend, da dieses ungewöhnlich verlaufende Gespräch und diese gewöhnlich scheußlichen Familiendebatten mich im Sinne meiner Gewohnheit nicht zu interessieren hatte und sie mich im Sinne meiner Gewohnheit auch nicht interessieren wollten. Ich verließ also ungewöhnlich sprunghaft das gewöhnliche Café und wurde von den ungewohnt staunenden Blicken Karls und Rebekkas begleitet.

***

An diesem Tag, nur ein paar gewöhnliche Stunden später, stand Mara entgegen ihren Gewohnheiten vor der Haustür des Blockes, in dem für gewöhnlich ihr Vater verweilte und war bereit für einen gewohnheitsmäßigen Besuch.

Der surrende Türöffner ließ die Tür sprunghaft aus dem Schloss fallen. Als Mara die gewöhnliche Platte am Platz der Astronauten betrat, schlug ihr ein ungewohnt alter und ein selbst für diesen Plattenbau ungewöhnlich muffiger Geruch nach Mottenkugeln entgegen. Der Fahrstuhl war wie gewöhnlich außer Betrieb, sodass sie die Treppen hinauf bis in den dreizehnten Stock nutzen musste.

Für gewöhnlich schmerzten ihre Oberschenkel bei diesem gewohnten Aufstieg und für gewöhnlich, beschloss sie, in der achten Etage eine gewohnte Pause abzuhalten, nachdem sie völlig kraftlos und ziemlich außer Atem dort ankam.

Als sie sich an diesem Tag, eine Woche nachdem sie ihren ersten unnormalen Tag erlebte, wie gewohnt in der achten Etage niedersetzte und einige gewohnte Verschnaufmomente vergingen, hörte sie ungewöhnlich schnelle und anscheinend springende Schritte von oben herunter trapsen. Da diese ungewöhnlichen Schritte immer näher kamen, verrenkte sie ganz entgegen ihrer Gewohnheit den Kopf, um zu schauen, was die Ursache für diese ungewöhnlichen Sprünge war. Zu ihrer ungewöhnlichen Verblüffung kamen sie von ihrem Cousine Karl, der ihr ungewöhnlich eilig entgegensprang.

„Karl?", rief Mara verwundert.

„Hey na, was machst du denn hier?", fragte Karl ebenfalls ungewohnt überrascht, als er Mara umarmten.

Er setzte sich neben Mara auf die Stufen und beide plauderten über Gewöhnliches: In diesem

Sinne das gewohnte Befinden des Anderen, die gewöhnliche Arbeit, das gewohnte Studium, die gewöhnlichen Beziehungen und Mara und Karl schwelgten ganz im Sinne ihrer Angewohnheiten, kurz in längst vergangenen Ferienerinnerungen aus Brandenburg.

Karl musterte bei diesem Gespräch seine jüngere Cousine ungewöhnlich eingehend. Er kreiste ungewohnt ausholend seinen Nacken, wie einer ungewöhnlich starrenden Musterung und er regte sich leicht obszön, doch nur so viel, dass ihn lediglich ein ganz flüchtiger Blick verriet.

Er, Karl setzte sich demonstrativ aufrecht und darum für ihn, Karl ungewöhnlich aufrecht hin und rieb ungewöhnlich heftig seine Hände an seinen Oberschenkeln. Dabei starrte er ungewohnt schielend und blickte unverhohlen und ganz unverschämt auf Maras Brüste. Doch ihr, Mara entging dieses ungewöhnlich Durchleuchten nicht, auch wenn sie nur winzige Augenblicke andauerten.

„Und was machst du hier? Warst du bei Papa?", fragte sie ungewöhnlich kühl.

„Ja, ich hab ihn mal besucht. War aber nur kurz da und musste was für Mama abholen", antwortete Karl kurzangebunden und stand abrupt auf.

„Was denn?", fragte sie gewöhnlich neugierig.

„Ah, nur so Papiere, Verwaltungskram, du weißt schon", gab er hastig wieder.

Er, Karl umarmte sie, Mara ungewöhnlich fest, während sie, Mara noch wie gewohnt dort in der achten Etage saß, um ihre gewöhnliche Verschnaufpause zu zelebrieren, wenn der Fahrstuhl wie gewohnt defekt war. Karl sprang weiter ungewohnt zügig die Stufen hinunter und rief noch ein gewöhnliches „bis bald" hinterher.

Mara begab sich ganz im Sinne ihrer Gewohnheit schleppend, auf den weiteren Weg zu einem gewohnheitsmäßigen Besuch bei ihrem Vater Werner. Dieser wartete bereits gewohnt neugierig darauf, wer ihn wohl einen weiteren und höchst ungewöhnlichen Besuch abstatten würde. Als er, Werner seine Jüngste, Mara ungewohnt erblickte, lächelte er wie gewöhnlich freundlich und nahm sie wie gewohnt mit Abstand in den Arm, was Mara kühl und gewohnt widerwillig zuließ.

„Na wie geht's dir denn Püppchen?", fragte er, Werner höflich.

Mara hasste ganz im Sinne ihrer Angewohnheit diese gewöhnliche Anrede und ganz im Sinne ihrer Angewohnheit nickte sie gewohnt freundlich und sie lächelte gewöhnlich stumm dazu.

„Nun komm doch erst mal rein, ist doch janz kalt hier draußen", bat er sie in den gewöhnlichen Flur, in dem Mara wie gewohnt ihre Sachen ablegte.

Sie gingen direkt in das gewöhnlich eingerichtete Wohnzimmer. Die schwere, alte gewöhnliche Schrankwand und die übrige gewöhnliche Einrichtung stammten noch von seiner, Werners Mutter und die gewöhnlich vergilbte Tapete in dem gewöhnlichen Wohnzimmer stammte erkennbar aus DDR-Zeiten, wie Mara gewohnt abschätzig vermutete.

In der gesamten Wohnung schwebte ein ungewöhnlicher, Mara wohlbekannter Geruch nach kaltem Rauch und angebratenem Fett.

„Magst du etwas essen?", bemühte Werner sich ein ungewöhnlich guter Gastgeber zu sein.

„Nein, nein. Danke. Ist schon gut. Ich wollte nur mal sehen, wie es dir so geht?", antwortete Mara und nahm ihren Tabak aus der grauen Strickjacken, während sie sich lustlos auf das gewöhnliche Sofa setzte.

„Du rauchst wohl immer noch dieses Indianerkraut?", fragte er, Werner und fing gewöhnlich laut an zu lachen, über diesen scheinbar gelungenen Witz und wie gewohnt erwiderte Mara nichts, sondern lächelte bloß angespannt.

„Wie läufst eigentlich mit Moritz, seit ihr noch zusammen?", wollte er nun wissen und setzte sich Mara ganz im Sinne seiner Angewohnheit erwartungsvoll gegenüber und Sie, Mara nickte ganz im Sinne ihrer Angewohnheit stumm dazu.

Werner schlug gedankenverloren die Hände ineinander und wippte gewohnt mit dem rechten Fuß und wie gewöhnlich sah er, Werner nach Fragen suchend zur Decke.

„Und, wie sind eure Pläne so. Wolltet ihr nicht bald zusammenziehen?", erkundigte er sich tollpatschig und wie gewöhnlich sah Mara Werner überrascht und irritiert, nach solchen unpassenden Fragen an. Werner lächelte gewohnt freundlich und Werner war wie gewöhnlich gespannt auf eine gewöhnliche Antwort, die er schon etliche gewohnte Male zu vor erhielt: „Ähm ja Papa. Das sind wir schon. Vor zwei Jahren."

„Ah Mensch, ne und das erzählst du gar nicht. Ja Mensch und deine Schwester, wie geht's der so?", wollte er, Werner weiter wissen.

Mara verdrehte wie gewöhnlich verächtlich die Augen, nach dem für sie, Mara gewohnt lächerliche Fragen über sie, Rebekka von ihm, Werner gestellt wurden und sie, Mara lehnte sich wie gewohnt zerknirscht auf dem gewöhnlichen Sofa zurück.

„Ich denke doch mal gut", entgegnete sie, während sie einen gewohnt kräftigen Zug von ihrer gewöhnlichen Zigarette nahm und ungewohnt laut und ungewohnt hörbar den Rauch heraus presste.

„Ja, sie hat ja auch viel zu tun. In so einer hohen Position muss man viel arbeiten. Aber das konnte sie schon immer. Sie kann Verantwortung übernehmen. So ein schlaues Köpfchen. Wenn du es auch mal so weit bringen willst, musst du viel lernen. Bildung ist sehr wichtig Püppchen", plädierte er.

„Ja Papa, das ist sie", reagierte Mara gequält und lächelte ihren Vater wie gewohnt missbilligend an. Doch wie gewöhnlich sah er starr zur Decke und wie gewöhnlich sah er aus dem Fenster und ganz im Sinne seiner blinden Gewohnheit nahm er ihren Widerwillen gar nicht wahr und versuchte doch weiter, sie zu unterhalten.

„Ja Mensch. Also der Rebekka ist immer alles so zu geflogen, das ist bei dir zwar nicht so, du musst immer mehr lernen, aber das wird schon mein Püppchen, und wenn du Probleme hast, du weißt ja, wo ich bin. Ich sage immer, wenn die Zwei Probleme haben, dann melden sie sich schon", sinnierte Werner weiter.

Mara starrte ihn nach solchen gewohnt absurden Aussagen an und sein, Werners Blick schweifte wie gewöhnlich weiter ruhelos durch den

Raum und sein, Werners Blick schweifte wie gewohnt suchend durch die Zimmer, ohne auch nur ein einziges Mal an Mara haften zu bleiben.

Sie, Mara war wie gewöhnlich entsetzt von seinem, Werners selbstverleugnenden Ausweichen, warum sich seine Töchter nicht freudestrahlend bei ihm jeden Tag und fortwährend und immer und wieder meldeten und Mara verachtete ihn dafür zutiefst. Sie hasste diese angewohnten und darum eingeredeten Entschuldigungen und sie war wie gewohnt bis ins Tiefste angeekelt und von einem schlingenden Widerwillen gepackt.

Durch seine gewöhnlichen Ausreden und seine für gewöhnlich selbst auferlegte Traumwelt wuchsen in Mara Wut und Abschätzung zugleich. „Wenn wir Probleme haben, melden wir uns schon. Ja klar", dachte Mara gewohnheitsgemäß abschätzig. „Du hast doch gar kein Ohr dafür", urteilte sie im Stillen.

Mara hörte ihm, Werner wie gewöhnlich weiter desinteressiert zu und wie gewöhnlich berichtete er, Werner davon, dass sie, Mara für ihn, Werner nun mal nicht so gewöhnlich intelligent war, wie ihre für ihn, Werner ungewöhnliche Schwester Rebekka, und dass sie, Mara für ihn, Werner darum zwar kein gewöhnlicher Mensch und darum kein schlechterer Mensch sei, nur müsse sie, Mara ungewöhnlich mehr aus sich machen, um zu den für ihn, Werners erachteten ungewöhnlichen Begabungen Rebekkas zu gelangen.

Sie, Mara ließ Werners gewöhnliche Reden wie gewohnt über sich kritiklos ergehen und sie, Mara hörte Werners gewöhnliche Reden über seine scheinbar ungewöhnliche und seine scheinbar glanzvolle Vergangenheit angewidert zu: Seine, Werners scheinbar ungewöhnlich großartigen Heldentaten bei der gewöhnlichen Armee und seinen ungewöhnlich einfallsreichen Eroberungskünsten bei ihrer, Maras Mutter und seine erfinderischen Glanzleistungen bei seinen ungewöhnlichen Tätigkeiten in der normalen Tischlerei.

Seine gewohnt fortdauernden Geschichten waren gewöhnliche Wiederholungen und bei jeder gewohnten Wiedererzählung der gewöhnlichen Geschichten änderten die Details sich ein wenig, sodass sie mehr und mehr ihre Glaubwürdigkeit verloren.

Mara nickte wie gewohnt stumm und sie, Mara lächelte wie gewöhnlich lautlos und ganz entgegen ihren Gewohnheiten fragte sie sich an diesem Tag, eine Woche, nachdem sie ihren ersten unnormalen Tag erlebte, ernsthaft und ungewöhnlich ehrlich sich selbst gegenüber, warum sie, Mara für gewöhnlich diesen alten geschichtenerzählenden Mann, ihren Vater noch besuchte und fasste den ungewöhnlichen Beschluss zu gehen.

„Ähm Papa, okay. Ich muss jetzt auch schon wieder", gab sie nach diesem gewöhnlich einstündigen Monolog seinerseits, zu.

„Jetzt schon? Aber du hast doch noch gar nicht erzählt, wie es in der Berufsschule ist. Kommst du mit dem Stoff hinterher?", wollte er wissen.

„Ja Papa. Alles läuft super", sagte Mara ungewöhnlich hektisch, ihre Sache krampfhaft einzeln im Arm haltend, auf dem Weg in den Flur.

„Tschüss Papa", rief sie noch, während die Tür ungewöhnlich heftig hinter ihr zu knallte.

Als Mara im Fahrstuhl stand, welcher wieder funktionsfähig war, traten ihr gewöhnlich bittere Tränen in die Augen. Sie fühlte sich ungewöhnlich trostlos.

Dieses ungewohnte Tränen-in-die-Augen-Treten war an diesem Abend so ungewöhnlich, da der unsinnige Besuch so ungewohnt hektisch beendet wurde.

„Berufsschule? Wann ziehst du mit Moritz zusammen? Der hat sie ja nicht alle", dachte sie verständnislos.

Ein zerknirschter Blick auf das gewöhnliche Handy verriet, dass es bereits acht Uhr war. Mara schrieb eine ungewöhnliche SMS an Moritz: „Hey

Schatz, was machst du gerade? Lust auf Treffen? Café? Wein? Bier? Kuss!"

Das Handy krampfhaft in der Hand haltend, stieg Mara trübselig in die gewöhnliche S-Bahn ein.

Immer noch keine Antwort von Moritz.

Sie fuhr wie gewohnt die gewöhnlichen fünfunddreißig Minuten in die Stadt. Immer noch keine Antwort von Moritz.

Mara versuchte Moritz wieder und wieder anzurufen. Es kam lediglich die gewohnte Ansage: „Der angerufene Teilnehmer ist zurzeit nicht erreichbar."

Resigniert gab sie auf. „Wahrscheinlich ist er in der Bar und hat keinen Empfang", entschuldigte sie seine ungewöhnliche Unerreichbarkeit.

***

Mara stieg ungewöhnlich langsam und sie schlürfte ungewohnt schwermütig die gewohnten Stufen zu ihrer unnormalen Wohnung hinauf. Diese war erdrückend leer und die unnormale Wohnung schien ungewöhnlich trüb und dunkel und fröstelnd kalt und Maras letzte gewöhnliche Hoffnung, dass er, Moritz doch noch da sein könnte, verblasste gewohnheitsmäßig, nachdem sie die unnormale Wohnung wie gewohnt leer vorfand.

„Warum ist Moritz nie da, wenn ich ihn wirklich einmal brauche", dachte Mara zermürbt.

Mit einer Flasche Tempranillo setzte sie, Mara sich an das normale Küchenfenster. An diesen gewöhnlichen Novemberabend herrschte ein gewohnt diesiges und regnerisches Wetter. Der für Mara ungewöhnliche Abend wirkte durch diesen gewöhnlich nebligen und grauen Herbstschleier ungewohnt traurig.

Alles hing irgendwie ungewöhnlich schwer an diesem für Mara ungewöhnlichen Novembertag. Die Bäume wirkten leblos und die Wohnung wirkte ungewohnt trist und das normale Leben schien Mara ungewöhnlich eintönig.

Nachdem sie wie gewohnt Beethovens fünfte Symphonie lustlos hörte und sich wie gewohnt melancholisch mit einem Glas Wein zurück auf ihren gewohnten Fensterplatz in die normale Küche setzte, überströmte sie ein ungewöhnliches Gefühl. Es ergoss sich, wie eine ausbrechende Lavaflut, die gewohnte Emotion der Zerrissenheit.

Sie verabscheute an diesem für sie ungewöhnlichen Abend wie gewohnt ihren Vater dafür, wie er sich ihr, Mara gegenüber für gewöhnlich äußerte und sie verabscheute auch ihn, Moritz dafür, dass er wie gewohnt nie anwesend war. Sie hasste an diesem für sie ungewöhnlichen Abend sie, Rebekka, dass sie schlicht und einfach gewöhnlich war und sie, Mara ekelte sich vor sich selbst, da sie, Mara so gewöhnlich schwach und so ungewöhnlich zerbrechlich schien und nie das Ungewöhnliche so ausdrücken konnte, wie sie es für gewöhnlich empfand.

Entgegen ihrer Gewohnheit hätte sie, Mara an diesem für sie ungewöhnlichen Abend am liebsten ihn, Moritz ungewöhnlich hart ohrfeigen können, für seine gewohnte und wiederkehrende Abwesenheit. Und ganz entgegen ihrer Gewohnheit hätte sie, an diesem für sie ungewöhnlichen Abend am liebsten ihren Vater ungewöhnlich direkt ihre Meinung sagen können und ihn empört zurücklassen, ebenso wie ihre gewöhnliche Schwester.

Nach diesen, für Mara sehr ungewöhnlichen Überlegungen, nahm sie erneut einen ungewohnt großen Schluck Wein und leerte das gewöhnliche Glas mit einem ungewöhnlich großen Schwung. Mara schritt bedrückt zur gewöhnlichen Musikanlage, um die Lautstärke ungewohnt auf Laut zu drehen.

Ungewöhnlich bittere Tränen, da ungewohnt klagende Tränen, rannen ihr sintflutartig über die Wangen und ihr Herz schmerzte ungewöhnlich und sie beschrieb mir, diese ungewöhnlich peinigenden Schmerzen, als brächen sie aus ihr etwas tief Entzweiendes hervor, was sie nicht länger zusammenhalten könne.

Eine ungewohnt packende Wut und eine ungewohnt ballende Empörung und diese gewöhnlich aufgestaute Erregung der letzten Wochen, ergoss sich ungewöhnlich hemmungslos und ruckartig aus ihr heraus.

Ihre, Maras Hände zitterten heftig und das Herz schlug äußerst erregt. Es schien mir, als pochte ihr Herz ungewöhnlich gegen ihre Brust, was sie ruhelos hin- und herschreiten ließ.

Maras Kopf schien schwer und entgegen ihren gewöhnlichen Gedanken, hämmerten unaufhörlich ungewöhnlich niederreißende Dinge bizarr gegen ihre Schläfen und ungewohnt übergreifende Gedanken des Ekels durchbrach ihr Gemüt. Aus dem endlosen Gefühl der Unverstandenheit heraus, entbrannte sich eine ungewohnt schmetternde Böswilligkeit, welche entgegen ihren gewöhnlichen Gedanken als durchdringende Schläge in ihr Inneres trafen.

Mara suchte vergebens an diesem für sie ungewöhnlichen Abend einen gewöhnlich erklärenden Sinn oder ein gewohnt besänftigtes Verständnis zu finden. Sie stellte sich wieder und wieder die für sie gewohnt kreisenden Fragen: „Warum werde ich so klein gehalten? Warum werde ich so schmerzlich gedrückt von der Welt? Wer ist das, der mich ständig in diese Ketten drängt?"

„Ständig. Ständig!", schrie sie ungewöhnlich laut.

„Wann hört es auf?", rief sie ungewohnt klagend.

„Immer wieder! Es hört niemals auf! Ich kann mich nicht behaupten. Ich will mich nicht behaupten. Ich will einfach meine Ruhe! Ruhe! Ruhe!!!", flehte sie dem Nichts entgegen.

Sie, Mara schrie so laut los und sie, Mara heulte ungewöhnlich hemmungslos und in diesen knebelnden Schreien und in diesem ungewöhnlichen fesselnden Heulen, hoffte sie, Mara auf die befreiende Stille. Sie trachtete nach einer ungewöhnlichen Ruhe von allem Gewöhnlichen.

Mara hoffte und Mara flehte dieser ungewöhnlich friedlichen Ruhe entgegen. Sie, Mara suchte eine sanftmütige Stille von allem fratzenhaft Gewöhnlichen der anderen normalen Leben. Sie stellte sich die für sie gewohnt fortwährende Frage: „Kann ich jemals eine Harmonie, einen Alltag voller Zufriedenheit und eine Zuversicht erreichen?"

„Nie! Nie! Es war noch niemals so. Warum sollte sich das ändern?", schrie sie, Mara voller Verzweiflung.

An diesem für sie ungewöhnlichen Abend stellte Mara sich die gewöhnliche Zukunft vor. Und sie stellte sich eine gewöhnliche Zukunft vor, in der sie wie gewohnt würdelos auf eine lächerliche Reservebank abgeschoben würde.

In dieser verzerrten Vorstellung der gewöhnlichen Zukunft gab es niemand Gewöhnlichen und es gab niemand Ungewöhnlichen, der sie, Mara wirklich mit ungewohnt aufmerksamer Anerkennung und mit selbstlos ehrlicher Liebe annehmen würde.

Die vorgestellt und gewöhnliche Zukunft beinhaltete kein normales Leben und es beinhaltete auch kein unnormales Leben, das jemals ein ernsthaftes Interesse oder nährende Liebe für Mara verspüre. Sie, Mara sah kein ehrliches Miteinander und sie, Mara erblickte niemanden, der leidenschaftliches Begehren zeigen würde. Dessen war sie sich ganz im Sinne ihrer ungewöhnlichen Gewohnheit sicher.

„Niemals! Niemand! Noch nie!", resümierte sie, Mara.

„Doch würde sich das in Zukunft ändern?", fragte sie, Mara.

Vor ihren Augen öffnete sich eine ungewohnte Schwere aus gewöhnlichen Vorahnungen und eine reißende Dunkelheit aus düsteren Prognosen kettete sie, Mara an gewöhnliches Versagen und zwangen sie, Mara zum gewohnten Scheitern.

Donnerstag, 23. November
Ihr zerreißt meine Seele.
Keuchend bitte ich um Erbarmung.
Doch verkrampft ist meine Kehle.
Und mein Selbst kam um.
Was sind das für Aussichten?
Liegend, stampft der Druck der Welt.
Ich möchte hier nur raus flüchten.
Dorthin, wo mein Körper fällt.
Der Sprung in die Abgründe hinein.
Verschleiert und zusammen geschnürt.
Schwebt meine Existenz allein.
Und ist letztendlich vom Scheitern verführt.

Nachdem Mara diese ungewöhnlichen Sätze an dem für sie ungewöhnlichen Tag verfasste, ging sie an den normalen Badeschrank und nahm sich entgegen ihrer gewöhnlichen Reaktion auf einen nicht zufriedenstellenden und ungewöhnlichen Abend, eine gewöhnlich scharfe Rasierklinge von Moritz heraus.

Sie, Mara nahm die gewöhnlich scharfe Klinge und betrachtete sie ungewöhnlich eingehend.

Sie, Mara streichelte sich ungewöhnlich langsam und sie, Mara kreiste die unbenutzte Klinge über ihren linken Arm und sie, Mara liebkoste sich mit dieser gewöhnlichen Klinge ungewöhnlich zärtlich und sie, Mara zog diese über ihren linken

Oberschenkel und sie, Mara streichelte mit dieser gewöhnlich scharfen Klinge ungewöhnlich sanft ihren rechten Oberschenkel entlang.

Wie gewöhnlich war sie auf dieses ungewöhnliche Streicheln vorbereitet, denn sie achtete gewohnheitsgemäß sorgfältig darauf, dass Moritz wie gewöhnlich mehrere scharfkantige Rasierklingen im Badeschrank vorrätig hatte.

Gemäß ihrer Gewohnheit streichelte sie, Mara sich stets ungewöhnlich eingehend den linken Arm und gemäß ihrer Gewohnheit strich sie, Mara sich ungewöhnlich langsam über den linken Oberschenkel und ungewöhnlich leicht über den rechten Oberschenkel, wenn sie, Mara einen ungewöhnlich absurden Tag erlebte.

Wie gewohnt betrachtete Mara die gewöhnliche Klinge auf ihrer Haut, doch dieses Mal und ganz entgegen ihrer Gewohnheit, denn für gewöhnlich endete die ungewöhnliche Betrachtung der unbenutzten Klinge mit einem staunenden Starren, gab sie dem ungewöhnlich drängenden Impuls nach und sie stach fest zu.

Dieser ungewöhnlich packende Impuls bestand aus einer gewohnten Traurigkeit und dennoch aus einer ungewöhnlichen Gewissheit, sich in ihrer quälenden Traurigkeit an kein normales Leben wenden konnte, um endlich erlösenden Trost zu finden.

Mara betrachtete ihren linken Arm und sie, Mara sah die gewöhnlich scharfe Klinge in ihrer rechten Hand und derartig verzaubert blickte sie auf ihren linken Oberschenkel und Mara sah die gewöhnlich scharfe Klinge in ihrer rechten Hand und sie, Mara starrte eingehend und fasziniert auf ihren rechten Oberschenkel und Mara sah die gewöhnlich scharfe Klinge in ihrer rechten Hand.

In dieser damals gegenwärtigen Betrachtung vernahm sie, Mara keine gewöhnlich hämmernden Gedanken und sie, Mara vernahm keine ungewöhnlich oder verstörenden Gedanken wahr. Mara dachte entgegen ihrer Gewohnheit nicht nach und sie dachte entgegen ihrer Gewohnheit an Nichts.

Eine letzte gewöhnliche Geistesgegenwart, die sie, Mara bei dieser ungewöhnlichen Betrachtung verspürt haben musste, war die Entscheidung den ungewöhnlichen Druck der gewohnten Klinge nicht pressend in den linken Arm auszuüben, sondern dem ungewöhnlich starken Druck der gewöhnlich scharfkantigen Klinge auf den Oberschenkeln auszuüben und dem Fließen des Blutes so einen freieren Lauf zu gewähren.

Ungewöhnlich schwungvoll und ungewöhnlich fest schnitt sie sich mit der gewöhnlichen Klinge in den linken Oberschenkel und sie schnitt sich ungewöhnlich schwungvoll und ungewöhnlich fest mit der gewöhnlichen Klinge in den rechten Oberschenkel.

Bei der ungewohnten Betrachtung dieser Schnittverletzungen verspürte sie, Mara einen ungewöhnlich brennenden und einen ungewohnt zerrenden Schmerz in den ungewohnten Schnittstellen. Sie, Mara sah, wie ihre Haut sich aufklaffte und sie, Mara sah, wie quellende Blutstropfen stoßartig aus den ungewohnt aufklaffenden Wunden schossen.

Abermals stach sie ungewöhnlich schwungvoll in ihre Oberschenkel und wiederholend stach sie ungewöhnlich kraftvoll in ihre Oberschenkel und wiederkehrend stach sie ungewöhnlich ruckartig in ihre Oberschenkel und fortwährend stach sie ungewöhnlich fest in ihre Oberschenkel und fortlaufend stach sie ungewöhnlich schnell in ihre Oberschenkel und derartig entrückt stach sie immer und immer wieder ungewöhnlich ausholend in ihre Oberschenkel. Und auf ungewöhnliche Weise verspürte sie, Mara keinen gewöhnlich körperlichen Schmerz.

Ihre Beine, die zu diesem damals gegenwärtigen Zeitpunkt etwa fünfzig ungewohnte Schnittverletzungen trugen, schienen ihr ungewöhnlich, ja beinahe ungewohnt, als gehörten diese nicht länger zu ihrem eigenen Fleisch und Blut.

Das ungewohnt wallend fließende Blut aus den ungewöhnlich tief klaffenden Schnittstellen an ihren Oberschenkeln tupfte sie behutsam mit gewöhnlichem Toilettenpapier ab. Sie, Mara spürte keinen gewöhnlich brennenden Wundschmerz mehr und sie, Mara verspürte so geartet keine gewöhnlich einhaltgebärdende Angst und sie, Mara fühlte keine niederdrückende oder ungewohnte Ohnmacht, denn sie, Mara spürte nur eine ungewöhnliche Erleichterung und sie, Mara verspürte eine ungewöhnliche und sehr beruhigende Ausgeglichenheit.

Mara nahm diese ungewohnt ausgleichende Seelenruhe wahr, als sie ihr dunkelrotfließendes Blut sah und durch dieses ungewohnte Blut-Sehen, wurde ihr, Mara auf eine ungewöhnlich besänftigende Weise bewusst, dass sie noch gewöhnlich am Leben teilnahm und das sie, Mara noch ganz gewohnt existierte.

Nachdem das ungewohnte Fließen des Blutes eingedämmt wurde und nachdem Mara die gewöhnliche Klinge nach der ungewohnten Benutzung säuberte und wie gewohnt verstaute, nahm sie entgegen ihrer Gewohnheit eine kleine gewöhnliche braune Flasche, mit der Aufschrift Ketamin aus dem gewöhnlichen Kühlschrank und ging zurück ins Badezimmer.

Sie schluckte die für gewöhnlich bitter schmeckende Flüssigkeit zügig, und fühlte, wie diese kühl ihre Kehle hinab rang und sie, Mara betrachtete sich eingehend im Spiegel.

Ihre trägen Augen waren ungewöhnlich rot und sie waren ungewohnt verheult und ihre müden Augen schienen ungewöhnlich angeschwollen und ihre Lippen waren ungewohnt trocken und schienen ungewöhnlich rissig.

Ihr erstarrter Blick war leer und sie, Mara konnte sich entgegen ihrer Gewohnheit nicht auf diesen konzentrieren oder sich wie gewohnt selbst in die Augen schauen. Ungewöhnlich oft verrutschten ihre Pupillen, ohne sich jedoch wie gewohnt zu bewegen. Mara sah, wie ihre tristen Augen ungewöhnlich lähmend begannen sich zu schließen und Mara sah, wie ihre gewohnte Kraft sie verließ. Sie blickte mich ungewöhnlich eingehend an und sie atmete ungewohnt ruhig und sie schrieb daraufhin:

Der Tod.
Siehst du?
Du weißt nie, wann er kommt.
Wünscht du ihn dir manchmal?
Wärst du bereit, ihm entgegenzutreten?

Der Tod,
auf leisen Sohlen,
sehen wir kaum was kommen mag.
Langsam und ewig,
gewiss, denn wir vergehen.

Eine ungewohnte und alles umhüllende Ruhe und eine seltsame und alles erreichende Friedlichkeit übertrugen sich allumschließend, wie ein schützender Kokon um Mara.

Sie konnte nicht wie gewöhnlich einschätzen, ob dieser endlich eingetretene Seelenschlaf von der gewöhnlichen Einnahme des Ketamins oder von der gewohnten Berauschung des Weins oder den ungewöhnlichen Schnittverletzungen oder gar durch die neu erwachten Gedanken an den gewöhnlichen Tod kamen.

Sie fühlte sich ungewöhnlich schwerelos, erlöst, frei und endlich konnte sie, Mara ganz gewöhnlich durchatmen und sie, Mara machte sich entgegen ihren normalen Gewohnheiten keine gewöhnlichen Gedanken mehr darüber, was Moritz oder sonst ein anderes normales Leben wohl denken möge. Und so beruhigt, schlief sie endlich ein.

Mara's Sicht

Drei Tage nachdem Mara ihren ersten ungewöhnlichen Tag erlebte und somit den zweiten unnormalen Punkt in ihrem normalen Leben erreichte, der einen gewissen Übergang zu einem späteren unnormalen Leben und somit die Hinführung zum gewissen Punkt darstellte, erwachte sie sichtbar erschrocken durch ein ungewohntes heftiges Knallen der Haustür, aus einem tiefen und traumlosen Schlaf.

Die grün gestreifte Bettdecke neben ihr, war sichtbar zerknüllt und das grün karierte Kopfkissen neben ihr, lag sichtbar zerwühlt auf der Bettseite von Moritz. Mara wurde ersichtlich, dass er, Moritz offensichtlich dort geschlafen hatte. Obwohl sie, Mara ihn, Moritz nicht ins Bett kommen hörte. Die ersichtlich zerknüllte Bettdecke und das sichtbar zerwühlte Kopfkissen ließen jedenfalls darauf schließen.

Müde rieb Mara sich die Augen und durch den gewöhnlichen Blick auf die Uhr wurde ihr ersichtlich, dass es bereits nach zehn Uhr morgens war.

„Moritz?", fragte sie unsicher.

Nachdem sie sichtbar erschöpft aus dem normalen Bett stieg und sich noch sichtbar müde und träge den Bademantel umzog, schleppte sie sich in die warme normale Küche und entdeckte einen gewöhnlichen Zettel auf dem normalen Küchentisch: „Guten Morgen Süße. Bin zu David. Komme gegen Abend wieder. Kuss."

Der Grund dieser ungewöhnlichen Nachricht von Moritz auf dem normalen Tisch war für Mara nicht ersichtlich und der Sinn dieser ungewöhnlichen Nachricht von Moritz blieb für Mara weitestgehend unersichtlich, da er, Moritz für gewöhnlich das unnormale Haus nie vor dem Mittag verließ. Doch sie, Mara nahm nicht weiter Notiz davon.

Die Fensterscheiben waren an diesem kalten Wintermorgen sichtbar gefroren und es hatte offensichtlich die halbe Nacht lang durchgeschneit.

„Wie wunderbar", dachte Mara erfreut, und obgleich ihr sicherlich zu schaffensfreier Unlust zumute gewesen war und sie sich zu einem faulen und gewöhnlichen Nichtstun, bei sichtbar gefrorenen Fensterscheiben und bei dem zum Nichtstun einladendem Schnee hätte hingeben können, beschloss sie für mich ganz unersichtlich nach dem Frühstücken spazieren zu gehen. Das tat sie, Mara für gewöhnlich noch nie zuvor.

Sichtlich Grau und sichtlich weiß war die normale Welt und sichtlich weiß und sichtlich grau waren die normalen Straßen von Berlin.

Mara lief für andere normale Leben unsichtbar und Mara lief für andere unnormale Leben unsichtbar, von sicheren Gedankenmomenten zu unsicheren Gedankenmomenten und von unsicheren Gedankengängen zu sicheren Gedankengängen. Sie lief für mich unersichtlich und sie lief für mich unsichtbar. Ein Grund warum sie lief und lief ist für mich heute immer noch nicht offensichtlich.

Mara beschrieb dieses Laufen, als eine sichtbare und erlösende Befreiung aus unsichtbar kettenden Zwängen. Ihre Wangen röteten sich offensichtlich von den frostigen Windhauchen, die ihr Gesicht umfassten und offensichtlich schmerzten ihre Zehen bei jeder Bewegung. Und trotz dieser sichtbar geröteten Wangen und dieser ersichtlich stechenden Schmerzen in ihren Zehen, lief sie weiter. Mara lief und sie lief einfach weiter ohne Ziel.

Dabei dachte sie offensichtlich an den zu diesem damals gegenwärtigen Zeitpunkt unsichtbaren Frühling und an das erste sichtbare Blühen des in dieser damals gegenwärtigen Jahreszeit unsichtbaren Vorsommers. Und Mara sehnte sich offensichtlich an die frischere und an die offensichtlich mildere Luft in dem zu dieser

Jahreszeit unsichtbaren Lenz und ausgelöst durch diese Sehnsucht erwachte in ihr, eine nicht sichtbare Lust: Ein Bedürfnis nach erkennender Klarheit. Sie sagte mir, sie sehne sich nach Ganzheit, denn sie fühlte sich offensichtlich unsicher, denn ihre Wahrnehmung schien so unklar.

„Es gab noch so viel zu erkennen", dachte sie.

Sie war ganz erfasst von der offensichtlich unsichtbaren Sichtbarkeit. Ihre innere Stimme riet ihr weiter zu graben, um das Unsichtbare sichtbar werden zu lassen. War ihre Intuition zuweilen verstummt? Sie konnte sie kaum mehr hören.

Mara spürte unaufhörlich und darum eigentlich fortwährend ersichtlich, eine unsichtbare, da unersichtliche Sucht nach Moritz. Sie wollte ihn sehen, schmecken, fühlen, haben, ganz nah sein und fast schon verschmelzen. Sichtbar sehnte sie sich nach ihm, Moritz doch unsichtbar sehnte sie sich offensichtlich nach Aufmerksamkeit oder doch Ablenkung?

Wurde diese offensichtlich ersehnte Liebe sichtbar und wurde diese offensichtlich ersehnte Annahme ersichtlich und bestätigt durch ihn, Moritz, so sehnte sich Mara paradoxerweise ersichtlich mehr nach Unabhängigkeit und so sehnte sie sich sichtlich mehr nach entfesselnder Freiheit und sie wollte dann die ersehnte Fernreise antreten und sie sehnte sich offensichtlich nach sogenannten Abenteuern, also offensichtlich nach einem ungewöhnlichen Leben.

Die unsichtbare Tragik in Maras normalen Leben war stets die unsichtbare Sehnsucht und darum offensichtlich die befreiende Sehnsucht nach einem ersichtlich unnormalen Leben. Ihre sichtbare Sucht nach unnormalen Neuem und darum das noch nicht sichtbare Sehen oder Erleben, schlummerte zu diesem damals gegenwärtigen Zeitpunkt zwar noch kaum sichtbar in ihr, doch der gewisse Punkt begann bereits sich als sichtbar zu entlarven.

In jedem sichtbaren Moment sehnte sich Mara nach anderen nicht sichtbaren Augenblicken. War sie, Mara folglich sichtlich allein, so sehnte sie sich ganz offensichtlich nach anderen normalen Leben und war sie derart sichtbar zu sehen unter den anderen normalen Leben, sehnte sie sich ziemlich sichtbar nach Ruhe. War sie ersichtlich im Urlaub, sehnte sie sich offensichtlich nach Hause und war sie offensichtlich zu Hause, sehnte sie sich nach unsicheren Reisen und nach einem unnormalen Leben.

Denn ein normales Leben ohne ersichtliche Sehnsucht erschien ihr offensichtlich schon immer, schon lange vor der Überschreitung der ersten unnormalen Punkte, sinnlos und darum schien Mara stets sichtbar außerstande, nur einen ersichtlich Einzigen und nur einen ersichtlich gegenwärtigen Moment sichtlich zu genießen. Denn Mara schien für jeden sichtbar in ihren Gedanken bereits an anderen, für andere normale Leben unsichtbaren und fernen Orten zu verweilen.

Montag 27. November
Ich habe zwar nicht die guten Noten, doch habe ich den
Willen und ich habe doch einen starken Willen und ich
erkannte doch den Sinn, meinen Sinn und ich dachte
doch, dass meine Bemühungen irgendwann Früchte
tragen werden.

Die offensichtliche Sache wurde offensichtlich nicht verständlicher für Mara und umso ersichtlicher sich Mara um Klarheit bemühte, umso unersichtlicher wurde diese offensichtliche Sache für Mara.

Nachdem sie die auf ihrem Bildschirm sichtbare E-Mail ihrer Dozentin offensichtlich erneut betrachtete und nachdem sie offensichtlich zufrieden von dem Spaziergang und beseelt aus dem Gang durch ihre Gedanken zurückkehrte, wurde das offen ersichtliche Ergebnis ihrer letzten Hausarbeit immer unverständlicher und die sichtbaren dicken Zahlen, die offensichtlich eine für Mara nicht zufriedenstellende Note darstellte, schienen sie sichtbar zu verhöhnen.

„Mensch bin ich witzig", sprach sie zynisch.

Mit einem sichtbar heftigen Ruck flog der normale Küchenstuhl offensichtlich knallend auf den Boden und mit einer sichtbar empörten Wut schloss Mara offensichtlich harsch den Laptop, auf dem nun nicht mehr sichtbar, die für sie unverständliche Note stand und sichtlich genervt stampfte sie mit offensichtlich schnellem Schritt im Kreis, so wie sie stets sichtbar erregt und fortwährend im Kreis schritt, wenn etwas offensichtlich Unangenehmes geschah.

Die Hände faltete sie offensichtlich hinter den Rücken, so wie immer, wenn etwas für sie Empörendes geschah und mit offensichtlich gesenktem Blick, schritt sie sichtbar fassungslos und offensichtlich mehrere Runden in der unnormalen Küche umher.

„Ich habe mir doch tatsächlich eingebildet, diese Arbeit könnte publiziert werden", murmelte sie offensichtlich verdrießlich und „wie witzig" gestand sie sich offensichtlich missmutig ein.

„Warum hänge ich mich so in die Arbeit rein, wenn doch nur eine 3,7 dabei herauskommt", stammelte sie fassungslos.

Ein ersichtlich zynisches und ein sichtbar laut herausgepresstes Lachen entwich ihr offensichtlich.

„Ich bin so was von witzig", rief sie höhnisch.

Sie schlug sich offensichtlich entgegen ihrer Gewohnheit und für niemanden sichtbar, fortwährend mit den Fäusten wieder und wieder gegen die Stirn. „Witzig, witzig, witzig, witzig", wertete sie weiter ab.

Als der sichtbar am Boden liegende normale Küchenstuhl wieder sichtbar schwungvoll aufgerichtet wurde, begann Mara offensichtlich entrüstet und ganz entgegen ihrer normalen Natur zu notieren:

Jeder Mensch denkt von sich selbst, er sei etwas Einzigartiges, etwas Absolutes, etwas absolut Besonderes. Doch sind wir Alle genommen nur erbärmlich, mickrig, gar lächerlich!
Jeder!
Jeder in seinem persönlichen Tun.
Auch wenn ein Einzelner es schafft, etwas Wunderbares zu erschaffen, bleibt er doch letztendlich im Rad seiner selbst gestrickten Illusionen verhaftet und ganz gekettet an seine Mauern, die von Trugbildern und Selbsttäuschungen umhüllt sind.

***

Mara griff in sichtlich ärgerlicher Empörung nach ihrer sichtbaren Tasche und zog offensichtlich verdrossen ihren knielangen, brauen Mantel über und verließ so sichtlich missgestimmt die unnormale Wohnung.

Auf der gewöhnlichen Fahrt zur Universität beobachtete sie für andere unsichtbar die sichtbaren normalen Leben in der gewöhnlichen Bahn. Es schien ihr offensichtlich, dass sich alle diese für sie, Mara sichtbaren normalen Leben sichtlich auffallend mit all den anderen unsichtbaren normalen Leben ähnelten. Sie schienen ihr, Mara alle ähnlich.

Jedes für Mara in diesem damals gegenwärtigen Moment sichtbare normale Leben gehörte offensichtlich irgendeiner ersichtlichen Gruppe an und alle in diesem damals gegenwärtigen Moment für Mara sichtbaren normalen Leben ähnelten sich in bestimmter Art und auf bestimmender Weise den sichtbaren anderen normalen Leben durch ihr sichtbares Erscheinungsbild.

Dort sah Mara ein offensichtlich wasserstoffblondgefärbtes und offensichtlich rocktragendes normales Leben, dessen sichtbar roter Lippenstift ersichtlich fratzenhaft die Formen des Mundes sichtlich dick umrahmten und darum wurde ihr, Mara durch dieses sichtbare

Erscheinungsbild ersichtlich, dass das wasserstoffblondgefärbte normale Leben der ersichtlichen Gruppe der Büroangestellten angehörte.

Auch ein sichtbar arroganter Blick eines anderen normalen Lebens und der sichtbar günstige Stangenanzug des nächsten normalen Lebens verrieten ihr, Mara offensichtlich und ganz augenscheinlich, dass diese zu dem damals gegenwärtigen Augenblick sichtbaren normalen Leben zu der ersichtlichen Gruppe der Banker zählten und offensichtlich in mittelmäßiger Stellung verharrten, sonst hätten diese sichtbaren normalen Leben offensichtlich keine so sichtbaren arroganten Blicke.

Da sah Mara ein offensichtlich studentisches normales Leben, das versucht lässig, an der sichtbaren Haltestange der gewöhnlichen Bahn lehnte. Für Mara symbolisierte dieses sichtbare studentische Leben, mit der sichtbaren Leggins und dem ersichtlich langen blauen Shirt, wie der offensichtlich unechten Hornbrille und lächerlichen Capi-Mütze, eine offensichtlich erdachte Freiheit darzustellen. Doch Mara sah, wie unfrei sie in Wahrheit waren, denn sie wechselten offensichtlich von der Schule auf die Universität und behielten doch dieselbe Sicht.

Die für Mara ersichtlich hoffnungsvollen Blicke und die für Mara sichtbaren kullerrunden, brauen und naiven Rehaugen der sichtbaren studentischen normalen Leben, verrieten ihr, Mara ein ersichtlich fatales Vertrauen und sie verrieten ihr, Mara eine offensichtlich kindliche Gewissheit, einem erdachten sicheren Gelingen allem gegenüber und darum zählten diese für Mara in diesem damals gegenwärtigen Moment sichtbaren studentischen normalen Leben und die unsichtbaren studentischen normalen Leben durch ihr sichtbares Erscheinungsbild zu der offensichtlich naiven Gruppe der blind versunkenen Weltenträumer. Sehnte sich Mara für sich selbst noch ganz unersichtlich auch nach dieser inneren Gewissheit?

Hier sah Mara ganz offensichtlich die ersichtliche Gruppe der Manager, die sichtbar technische Raffinessen zur Schau stellten und dort sah Mara offensichtlich die ersichtliche Gruppe der Alkoholiker mit sichtbar roter Nase und mit einem offensichtlich beißenden Schnaps- und Schweißgeruch und da sah Mara ziemlich offensichtlich die ersichtliche Gruppe der Wissenschaftler im sichtbar lockeren Cord-Jackett.

Obwohl sich jedes dieser, für Mara in diesem damals gegenwärtigen Augenblick sichtbare normale Leben von anderen sichtbaren normalen Leben in sichtbar winzigen und sichtbar persönlichen Nuancen unterschieden, so passten doch alle für Mara sichtbaren normalen Leben kurioserweise in ein offensichtliches Schema der Gewöhnlichkeiten.

Die sichtbaren Leben waren für Mara offensichtlich ganz und gar gewöhnliche Stereotypen des normalen Lebens und sie waren für Mara offensichtlich eine skurril gewöhnliche Ansammlung von ersichtlichen Kopie irgendwelcher unersichtlichen Originalen.

Als Mara die normale Haltestelle sichtlich erleichtert sah und sprunghaft die Bahn verlassen konnte, blieb sie einen Augenblick stehen. Der überdachte sichtbare Bau der normalen Haltestelle, an der sie einen winzigen Augenblick haftend stand, sah offensichtlich genauso aus wie Tausende andere sichtbare Haltestellen überall.

Auf den ersten Blick wurde für Mara sichtbar, dass sich offensichtlich alles bis ins kleinste Detail ähnelte und auf den zweiten Blick wurde für Mara offensichtlich sichtbar, dass lediglich die kleinen fast unsichtbaren Unterschiede eine kaum sichtbare Einzigartigkeit verrieten.

Dort an einer anderen normalen Haltestelle waren offensichtlich zwölf festgetretene Kaugummiflecken auf dem Boden sichtbar und hier waren offensichtlich vierzehn Kaugummiflecken auf dem Boden sichtbar und dort an einer anderen normalen Haltestelle war offensichtlich ein H&M-Plakat im Hintergrund zu sehen und hier war offensichtlich ein C&A-Plakat im Hintergrund zu sehen. Das sichtbare Schild, und die sichtbare Bank, und die sichtbaren Plakate an den Wänden, und die sichtbare Werbung, und der sichtbare gesamte Rahmen der normalen Haltestelle waren offensichtlich für Mara exakt identisch mit jeder x-beliebigen sichtbaren normalen Haltestelle überall. Allein das sichtbare verschmierte Graffiti und die sichtbare Liebeserklärung an eine gewisse Anna, gaben Mara offensichtlich die Gewissheit, am ersichtlich richtigen Ort zu sein.

Als Mara, ganz angewidert von dieser Sichtbarkeit des normalen Lebens, die Universität betrat, wurde schnell offensichtlich, dass sich die sichtbaren Hörsäle nicht wesentlich und kaum ersichtlich von den sichtbaren Hörsälen in Münster, Heidelberg, Leipzig oder München unterschieden: Sichtbare Beamer und der ersichtlich klassische Schnitt eines Amphitheaters und jeder sichtbare Sitzplatz waren offensichtlich auf den sichtbaren Pult hin ausgerichtet.

Mara betrat in dieser von Ekel gepackten Stimmung den gewöhnlichen Seminarraum 122, offensichtlich im ersten Stock gelegen und setzte sich trotzig auf einen der noch sichtbaren freien Plätze weit nach hinten, um offensichtlich unsichtbar zu erscheinen. Sie packte sichtlich unmotiviert ihre schwarze Brille aus und legte einen blauen Kugelschreiber sichtbar ausgebreitet neben ihren weißen Schreibblock. Das normale Seminar begann offensichtlich mit dem üblich wiederkehrenden Begrüßungsritual: einen „Guten Morgen" wurde von dem für alle sichtbaren Dozenten gewünscht und die sichtbare Anwesenheitsliste wurde wie üblich umhergereicht. Nachdem offensichtlich einleitende Worte gesprochen waren, begann die Diskussion über das anstehende Thema.

„Worin aber steckt der Sinn des kollektiven Lebens, wenn doch jeder einen anderen Weg gehen möchte? Und wenn schon nicht einen anderen, dann doch einen eigenen?", fragte der Dozent sichtlich gespannt auf Antworten in die Seminarrunde.

„Erst einmal muss klargestellt werden", räusperte sich offensichtlich ein normales Leben aus der für alle normalen Leben sichtbaren ersten Reihe und das für alle normalen Leben sichtbare normale Leben schob offensichtlich im gleichen damals gegenwärtigen Augenblick seine blau umrahmte Brille sichtbar selbstsicher zurecht. Er rutschte sichtbar schwunghaft auf dem Stuhl nach vorn und versteifte sichtbar seine Haltung, indem er die Hände offensichtlich verkrampfend ineinander schlug, bis er sichtbar weitersprach.

„Nicht jeder geht seinen eigenen Weg. Tausende latschen doch die ausgetretenen Pfade der Anderen und sind sich dessen trotz alledem", eine offensichtlich dramatische und eine offensichtlich dramatisch gedachte Pause, trat ein „........... nicht darüber im klaren", äußerte er scharfzynisch.

„Die Frage aber war", widersprach schnell eine für fast alle normalen Leben nicht ersichtliche Stimme eines anderen normalen Lebens „ob ein Kollektivsinn für das einzelne Leben überhaupt noch existiert?"

„Hätten wir alle einen Sinn, wir liefen einen Weg. Doch so irren ziemlich viele einfach ziellos durch ihr makaberes Dasein", konterte sichtlich arrogant das sichtbare normale Leben aus der sichtbaren ersten Reihe.

Entgegen ihrer Gewohnheit, der Gewohnheit zu schweigen, mischte sich Mara aus der hintersten für alle normalen Leben unsichtbaren Reihe ein.

„Der Sinn liegt doch stets im Individuum verborgen. Nur der Einzelne kann sich für sich selbst einen Sinn, ein eigenes Ziel suchen. Es muss nicht mit dem der Masse übereinstimmen", sprach Mara überzeugend.

„Aber", widersprach sichtlich angegriffen das normale Leben aus der sichtbaren ersten Reihe, „die meisten Menschen haben doch überhaupt keinen Sinn, sie klammern sich ängstlich an Idole und an Fantasiewelten. Sie können nun einmal nicht akzeptieren, wie sie sind, denn die Erkenntnis, dass ihre Daseinsberechtigung einem unsinnigen Zufall entspringt, würde sie töten."

„Ich denke nicht, dass das Leben sinnlos ist", protestierte Mara.

„Der Sinn liegt doch stets in der Absicht. Also verknüpft sich der Sinn mit einem Ziel, einem Streben, einer Etappe, die erreicht werden will. Für mich ist der Sinn nicht in Größe zu messen, sondern im Kleinen, im kleinen Detail, in einem Hauch von Ahnungen, die uns preisgeben, dass wir auf dem richtigen Weg sind und dass unsere Absichten zu einem Ziel führen, der sinnvoll ist. Schritt für Schritt ein neues Ziel und das Große ergibt dann einen übergeordneten Sinn. Vielleicht den Kollektiv-Sinn?", fragte sie in die Runde.

Das für alle normalen Leben sichtbare normale Leben aus der sichtbaren ersten Reihe sah Mara, nachdem sie sich offensichtlich entgegen ihrer Gewohnheit, der Gewohnheit zu schweigen, einmischte, für alle anderen sichtbar herausfordernd über seine Schultern hinweg an.

„Na, es wundert mich nicht, dass der Sinn für dich nur im Kleinen liegt. Anderenfalls wärst du schon längst zugrunde gegangen", sagte das arrogante normale Leben triumphierend.

Mara stockte offensichtlich der Atem und es überkam sie, Mara ein nicht ersichtlich drängendes Gefühl der Scham. Diese für sie, Mara offensichtlich peinliche Berührung ihres unsichtbaren Selbstwertgefühles strahlte unersichtlich und vereinnahmend in all ihre Glieder aus.

Ein Gefühl der Haltlosigkeit dehnte sich schlagartig und offensichtlich in jede Faser ihres Gemüts aus.

„Jetzt nur nichts anmerken lassen. Nur nicht verraten, dass man getroffen wurde", dachte Mara offensichtlich angespannt und sie zog vertuschend und sichtbar die Brauen zusammen und sie zog sichtbar plakativ die Mundwinkel nach unten und ehe sie etwas auf diesen ganz offensichtlich lächerlichen Angriff erwidern konnte, griff sie sichtlich irritiert der Dozent ein.

„Na, nun mal immer schön sachlich bleiben", sprach er beschwichtigend.

Nach diesem offensichtlich haltlosen Angriff, nachdem Mara sichtbar entgegen ihrer Gewohnheit, der Gewohnheit zu schweigen, sich öffentlich einmischte, verhüllte sie sich im Sinne ihrer Gewohnheit erneut in ersichtliches Schweigen.

Ab diesem damals gegenwärtigen Zeitpunkt konnte sie, Mara sich nicht mehr ersichtlich und fortbestehend konzentrieren und sie, Mara konnte ersichtlich nicht länger der Diskussion folgen und so fragte sie sich offensichtlich bloßgestellt und ganz unsinnigerweise „Was denken wohl die Anderen"?

Sichtbar schwand Mara zunehmend für die anderen sichtbaren normalen Leben in eine kaum wahrnehmbare Unsicherheit und zunehmend, da offensichtlich wiederholend kam ihr die unsinnige Frage auf „Was denken wohl die Anderen"?

Mara fühlte sich gegenüber anderen sichtbaren normalen Leben gemäß ihrer früheren Gewohnheit nicht sichtbar und zutiefst eingeschüchtert und sie fühlte sich für andere normalen sichtbaren Leben nicht länger sichtbar. Und sie fühlte sich einer sichtbaren Lächerlichkeit preisgegeben.

Nachdem die Stunde offensichtlich beendet wurde, schnappte sich Mara sichtlich geduckt ihre normale Tasche und schritt offensichtlich zügig und flüchtend aus dem Seminarraum, ohne sich auch nur noch ein einziges Mal für andere normalen Leben sichtbar verabschiedend umgeblickt zu haben.

Mara ging in die Bibliothek, die sich sichtbar im Nachbargebäude befand. In derselben stand Sie minutenlang offensichtlich eingeschüchtert vor einem bizarren Meer aus sichtbaren Büchern umgeben. Sichtlich gelähmt und sicherlich innerlich betäubt, war Mara offensichtlich unfähig eine vernunftgetriebene Entscheidung zu treffen. Mit welchem sichtbaren Buch sollte sie sich beschäftigen?. Satré? Nietzsche? Schopenhauer? Kunst im zwanzigsten Jahrhundert?

Mara griff offensichtlich zaghaft nach Camus und sie schlug das sichtbare Buch auf und sie blätterte in den sichtbaren Seiten und sie konnte offensichtlich an keiner für sie offen sichtbaren Stelle haften bleiben.

Alles schien ihr sinnlos. Selbst das sichtbare Buch von Camus nahm sie offensichtlich als nutzlos wahr und selbst die thematisierte Sinnlosigkeit bei Camus enthüllte sich ihr als offensichtlich zwecklos.

Mara verließ sichtbar schwermütig die Bibliothek und ging offensichtlich wieder zurück zu der normalen Haltestelle, mit dem sichtbar verschmierten Graffiti und mit der sichtbaren Liebeserklärung an eine gewisse Anna. Doch in die nächste sichtbare Bahn einzusteigen, schien ihr folglich und ganz offensichtlich sinnlos, denn ihr wurde offensichtlich nicht gewahr, wo sie hätte hinfahren sollen? Welche sichtbare Richtung sollte sie einschlagen? Nach Hause? In eine offensichtlich leere und in eine offensichtlich freudlose Wohnung?

Mara beschloss aus diesen Überlegungen heraus, zu laufen, und wieder einmal lief sie für mich unersichtlich und wieder einmal lief sie für mich ganz unsichtbar und sie, Mara lief ziellos und sie lief sinnlos und Mara lief unsichtbar für alle anderen normalen Leben und sie, Mara lief offensichtlich ohne Absicht auf ein Ankommen.

Ich suche einen Raum ohne Inszenierung.
Ich suche nach Perspektiven, die ergriffen werden
möchten,
ohne Manipulation und Imitierung.
Ich suche nach Möglichkeiten, nach Selbstentfaltung,
ohne kommerziellen Nutzen der sich will verbreiten.
Ich suche nach Aufgaben, die mein Interesse wecken,
bei denen ich nicht an Ärschen von Anderen muss lecken.
Ich suche nach Maßstäben, die weit oben liegen,
die durch Imagination sich selber bringen zum Fliegen.
Ich suche nach Bestimmten, in völliger Legitimierung.
Ich suche nach Raum ohne Inszenierung.

Das waren die offensichtlich die Gedanken, nach einem erneuten Gang durch die Gedanken an diesem gewissen Tag, drei Tage, nachdem Mara ihren ersten unnormalen Tag erlebte.
Verglichen mit den anderen Tagen, den Tagen zuvor, an denen sie ihren ersten unnormalen Tag erlebte und an den Tagen vor dem Erleben des ersten ungewöhnlichen Tages, schrieb sie sichtbar unnormal und scheinbar ganz ungewöhnlich ihrem Sehnen nach einem Sinn.

Der unnormale Punkt, den sie unbewusst längst zu diesem damals gegenwärtigen Zeitpunkt überschritten hatte, durch den ersten unnormalen Tag und durch diesen ersten ungewöhnlichen Tag, wurde ihr, Mara zunehmend bewusster und somit erstmals sichtbarer, was der gewisse Punkt sein könnte.

Sichtbar und somit zunehmend bewusster, wurden diese erste Überschreitungen des unnormalen Punktes, durch das sichtbare Verfassen und das ersichtliche Ergreifen ihrer enthüllenden Gedanken, und ihrer fortschreitenden Gedankengänge.

Sichtbar und somit zunehmend bewusster, wurde diese erste Überschreitungen des unnormalen Punktes durch die für sie, Mara sichtbaren Schnittverletzungen an ihren Oberschenkeln. Doch blieben auch diese für andere normale Leben unsichtbar, da sie offensichtlich selbst zugefügt und für andere normale Leben verdeckt blieben.

Diese ersten Überschreitungen des unnormalen Punktes in ein unnormales Leben wurde für sie, Mara langsam ersichtlich und darum bewusster, doch blieben diese ersten Überschreitungen des unnormalen Punktes und somit die ersten Überschreitungen in ein unnormales Leben für andere normale Leben zu dem damals gegenwärtigen Zeitpunkt noch unbewusst, da nicht offensichtlich sichtbar.

***

Nachdem Mara offensichtlich ihre Gedanken sichtbar festgehalten hatte, bemerkte sie offensichtlich, dass ihr Magen bestialisch knurrte. Wie gewöhnlich quoll der Abfall sichtbar über und wie gewöhnlich, wenn der Abfall ersichtlich überquoll, schaffte Mara diesen offensichtlich schleppend hinter das unnormale Haus, bevor sie ihren Trieb nach Hunger stillte.

An diesem ersten sichtbaren Tag, drei Tage nachdem sie folglich ihren ersten ungewöhnlichen Tag erlebte, sah sie, Mara ihn, Freder, ihr, Maras normaler Nachbar aus dem dritten Stock, sichtbar vollgepackt mit Einkaufstüten ihr, Mara ersichtlich fröhlich an der Haustür entgegentreten.

„Hallo Freder", sprach Mara offensichtlich erfreut, während sie sichtbar die normale Haustür des unnormalen Hauses aufschloss.

„Du kommst wohl gerade vom Einkauf?", stellte sie offensichtlich anhand der sichtbar vollgepackten Einkaufstüten fest.

„Ja, bei mir gibt es heute Reis mit einer Zucchinipfanne. Wie geht's dir?", erwiderte Freder, während beide, Mara und Freder, offensichtlich wohlwollend und sichtlich erfreut das Treppenhaus des unnormalen Hauses hinaufstiegen.

„Ganz gut. Ich wollte mir auch gerade einen Salat machen", antwortete Mara.

„Das klingt super. Wenn du magst, lass uns doch zusammen etwas essen, Zuccinipfanne mit Reis und deinen Salat", schlug Freder vor. Gern nahm Mara dieses offensichtlich freudige Angebot an.

Mir wurde dabei ersichtlich, dass sie, Mara nie gern allein aß und darum sichtbar alleine aß oder sichtbar alleine einsam essen musste. Freder, ihr offensichtlicher Lieblingsnachbar war ebenfalls sichtlich verzückt, über die offensichtlich freudige Annahme Maras auf sein, Freders Vorschlag hin, denn seine, Freders Freundin arbeitete offensichtlich in Bremen und so war er sichtbar froh von der abendlichen Langeweile befreit zu sein.

Mara schnitt offensichtlich das Gemüse, nachdem sich der Reis in das sichtbar kochende Wasser mischte und Freder bereitete offensichtlich den Salat zu, nachdem er offensichtlich eilig eine Flasche Chardonnay aus seiner normalen Wohnung holte und beide, Mara und Freder prosteten sich offensichtlich genüsslich zu und tranken auf sichtbar gute Nachbarschaft.

„Mhm, das sieht gut aus. Ich habe eigentlich schon den ganzen Tag Hunger auf etwas Warmes", sagte Mara offensichtlich beseelt, nachdem beide, Freder und Mara das Glas Chardonnay leerten und nachdem sie, Mara den sichtbar fertigen Reis sichtbar neben die fertige Zucchinipfanne stellte und dazu den ersichtlich frischen Salat auf den normalen Tisch in ihrer, Mara und Moritz unnormale Küche gesellte.

„Du hattest wohl heute einen langen Unitag?", stellte er ihr zugewandt fest, während sie zu essen begannen.

„Das kann man wohl sagen. Umso näher man dem Ende des Studiums kommt, umso klüger und darum umso klugscheißerischer. Das nervt!", gab sie ehrlich zu.

„Heute war wohl ein besonders nerviger Tag für dich?", fragte er mitfühlend.

„Teils, teils", gestand Mara „eigentlich wie immer, nur manchmal bin ich das Studium leid und froh, wenn ich endlich fertig bin."

„Oh ja, das kenne ich, aber glaube mir, wenn du erst einmal richtig zu arbeiten begonnen hast, wirst du die Uni vermissen. Besonders die viele freie Zeit, das lange Schlafen und die Semesterferien", tröstete Freder.

Sichtbar emphatisch lachte Mara über diese offensichtlich aufmunternden Worte und sichtbar herzhaft lachte Mara über diese offensichtlich wahre Bemerkung und sie, Mara lachte offensichtlich so sichtbar fröhlich und offensichtlich so herzhaft, dass er Moritz, der zu diesem damals gegenwärtigen Moment die Haustür offensichtlich verwundert aufschloß, sichtbar verärgert in ihre, Mara und Moritz unnormale Küche trat und offensichtlich sagte: „Na Mara hat wohl wieder gekocht. Wäre auch mal schön, wenn die Tür woanders aufginge und dort Essen dastände."

„Was soll das jetzt? Wir haben zusammen gekocht!", antwortete Mara offensichtlich harsch entgegen ihrer Gewohnheit, der Gewohnheit zu schweigen. Sichtbar empört über diese ersichtlich gereizte und offensichtlich unangebrachte Reaktion von Moritz, der vergrämt über das sichtbar freudige Abendessen der beiden, Freder und Mara, war, sah Mara ihn, Moritz scharf an.

„Ich mein ja nur, wäre doch toll, wenn auch mal in einer anderen Küche das Essen stehen würde", erwiderte der offensichtlich missmutig verstimmte Moritz, während er sich weiter sichtbar beleidigt ein Glas aus dem Schrank nahm und trotzig an den gedeckten Tisch setzte.

Mara´s Blicke verfolgten für ihn, Moritz unsichtbar und stumm und doch für Moritz nicht ersichtlich. Mara fragte sich eingehend: „Was wollte er damit sagen? Ist er eifersüchtig? Das war er noch nie! Oder macht er sich Sorgen um mich, dass ich mich ausnutzen lasse? Das tat er auch noch nie!"

Gemäß ihrer Gewohnheit aus den normalen Tagen zuvor, bevor sie die ersten sichtbaren unnormalen Punkte und somit einen ersten sichtbaren und darum zunehmend bewussten Übergange zu einem unnormalen Leben erreichte, fiel ihre Stimmung sichtbar tief und die sichtbar beseelende Freude, die sie zuvor empfand, wurde sichtbar Unersichtlicher und gemäß ihrer alten Gewohnheit, der Gewohnheit zu schweigen, schwieg sie ausdauernd und sie schwieg von diesem damals gegenwärtigen Zeitpunkt an fortwährend.

Er, Moritz stellte gemäß seiner Gewohnheit, der Gewohnheit, wenn andere normale Leben zu Besuch waren, seine Musikkollektion vor und platzierte kleine Lautstärker auf dem unnormalen Tisch. Nach offensichtlichem Suchen fand er die für ihn passende musikalische Untermauerung und er, Moritz spielte sichtbar makaber mit den Armen eine unsichtbare Gitarre.

„Die sind erst siebzehn, das muss man sich mal vorstellen. Die haben's so drauf und sind erst siebzehn. Wie der die Gitarre zupft, einfach geil", sprach Moritz sichtbar begeistert, während er offensichtlich weiterhin bizarr für sie, Mara und Freder sichtbar erregt mit den Armen eine unsichtbare Gitarre imitierte.

Mara wurde ab diesem damals gegenwärtigen Moment zunehmend und ersichtlich zunehmend genervt von seinem, Moritz unsichtbar albernem Gitarrenspiel und von seiner, Moritz ersichtlichen Schwärmerei gegenüber dieser Musik. Mara verschränkte für alle sichtbar ihre Arme und knallte sichtbar missvergnügt mit dem Rücken gegen die Stuhllehne.

Entgegen ihrer Gewohnheit, der Gewohnheit zu schweigen, brach sie offensichtlich ihr sonst fortwährendes Schweigen zu diesem damals gegenwärtigen Moment und sie sprach sichtlich ungezügelt: „Na und, ich bin schon mit siebzehn von zu Hause ausgezogen."

„Uhh, schon mit siebzehn von zu Hause ausgezogen, die feine Dame", patzte Moritz zurück.

Nach diesem offensichtlich unangebrachten und lächerlichen Vorfall, ersichtlich unangebracht da zu diesem damals gegenwärtigen Zeitpunkt Freder als Gast anwesend war, spielte Moritz weiter sichtbar und völlig desinteressiert seine unsichtbare Gitarre und Mara schwieg wieder sichtbar angewidert von Moritzs unsichtbarem Gitarrenspiel und Freder sah ersichtlich erschrocken hinüber zu Moritz und er, Freder sah sichtbar überrascht hinüber zu Mara.

Nach diesem ersichtlichen Hin- und Herschauen sah Freder immer noch sichtbar irritiert zu Moritz hinüber, der offensichtlich weiter unbeteiligt an dem sichtlich unangebrachten Vorfall sichtbar seine unsichtbare Gitarre spielte, und griff offensichtlich unsicher sein Glas Wein und stammelte: „Ich würde gern mit euch anstoßen. Auf das Essen heute."

Sichtlich erleichtert nahm offensichtlich auch Mara ihr Glas und stieß mit ihm, Freder still dankend an und sichtlich freundlich nahm er, Moritz sein Glas und stieß mit ihm, Freder klirrend an.

Nachdem alle den anfallenden Abwasch erledigten und offensichtlich beide, Moritz und Freder normal oberflächliche Dinge austauschten und als sie, Moritz und Freder und Mara, die letzten Schlucke des Chardonnays tranken, entschuldigte er, Freder sich offensichtlich eilig und unaufhörlich, doch er, Freder müsse gemäß seiner Gewohnheit, der Gewohnheit abends um neun, mit seiner Freundin zu telefonieren, die offensichtlich in Bremen lebte, zu diesem damals gegenwärtigen Zeitpunkt in seine normale Wohnung zurückkehren, um mit ihr, seiner Freundin in Bremen zu telefonieren.

Moritz schwärmte offensichtlich weiterhin für die noch nachklingende Musik, welche er sichtbar vergnügt mit seiner unsichtbaren Gitarre begleitete und Mara fühlte sich offensichtlich verlassen und sie fühlte sich offensichtlich unverstanden, denn ihr, Mara liefen kaum sichtbar kleine Tränen über die linke Wange.

Für Moritz nicht weiter erkennbar, wischte sich Mara die sichtbaren und feinen Tränen mit dem Handrücken weg und setzte sich für Moritz nicht sichtbar, doch still betrübt an den Schreibtisch in dem unnormalen Wohnzimmer. Sie schrieb an diesem ersten sichtbaren Abend an mich:

Montag, 27. November
Mir ist bewusst, dass Andere einen unsachlich und völlig unsinnig angreifen, um damit ihre eigene Unzulänglichkeit vor sich selbst wegschieben, nur um mit diesem Stich das Gegenüber scheinbar zu übertrumpfen.
Normalerweise ist das kein Problem, doch diese Stiche kamen in letzter Zeit so gehäuft, dass ich nicht mehr weiß, wie lange ich solche Angriffe noch standhalten kann. Ich bin ausgelaugt und der ganzen Angriffe überdrüssig. Ich kann mich kaum noch halten, um die Spitzen abzuwehren. Wie lange denn noch?
Die Stimmung sinkt tief, die Gedanken an den Tod steigen höher. Was hat das Leben für einen Sinn, wenn keiner einen so nimmt, wie man ist und dafür liebt, wer man auch sei. Wenn der ersehnte Sinn nach endlosen Phasen des Nichtsinns, doch nicht eintritt, ist dann die Zeit gekommen? Ist die Zeit reif? Reif für einen Sprung? Denn für was ist sonst das Leben noch gut?

Sichtlich niedergeschlagen und offensichtlich einem Gefühl des sichtbaren Desinteresses der Welt an ihrer, Maras Person ausgeliefert, ging sie benommen hinüber zum Fenster und öffnete dieses offensichtlich lähmend.

An dem ersten sichtbaren Tag wehte offensichtlich ein kühler Windstoß, und das offene Fenster schlug offensichtlich knallend gegen die Wand des unnormalen Wohnzimmers und offensichtlich überrascht beugte Mara sich für kein normales Leben sichtbar nach vorn, aus dem Fenster und sie spürte offensichtlich den kühlen Wind an ihren sichtbar nassen Wangen und sie spürte offensichtlich den kühlen Wind um ihren Hals und für kein normales Leben sichtbar und auch für Moritz unsichtbar, stellte Mara sich offensichtlich vor, unverzüglich aus dem offenen Fenster zu springen.

An diesem damals gegenwärtigen Moment stellte sie sich offensichtlich vor, wie das unsichtbar befreiende Nichts wäre und wie der sichtbare Tod sich wohl anfühle und was nach diesem sichtbaren Tod käme. Das unsichtbare Nichts?

Als sie offensichtlich ganz von den einhüllenden Gedanken an den Tod erfasst war, sah sie sichtlich starr auf den sichtbar grauen Asphalt hinunter und berechnete die Höhe: „Wie viele Meter werden es wohl sein? Keine Fünf!"

Der Asphalt wirkte folglich zu nah, als es der Tod tatsächlich sein würde. Offensichtlich erleichtert zündete sich Mara eine Zigarette an, nachdem sie sich für kein normales Leben sichtbar aus dem Fenster lehnte und sie dachte offensichtlich für kein normales Leben jemals ersichtlich an den befreienden Tod: „Ob in diesem Moment Moritz ahnt, dass ich über einen Sprung nachdenke?"

Mara nahm offensichtlich einen kräftigen Zug von der Zigarette, „Wahrscheinlich nicht. Würde es überhaupt jemanden interessieren oder würde es jemand bedauern, wenn ich jetzt springe? Klar, sie wären wahrscheinlich überrascht, aber würden sie auch wirklich trauern?"

Trotz ihrer tief vergrabenen Traurigkeit gaben ihr diese für alle normalen Leben nicht sichtbaren Gedanken ein Gefühl von Macht über ihr eigenes, zu diesem damals gegenwärtigen Zeitpunkt noch normalem Leben und somit gaben ihr diese nicht sichtbaren Gedanken offensichtlich ein Gefühl der Gelassenheit.

Gemäß ihrer Gewohnheit richtete sie ihren trostlos scheinenden Blick nach oben zu der Baumkrone des Baumes, der vor dem unnormalen Haus stand und gemäß ihrer Gewohnheit, wenn die Baumkrone sich sichtbar sanft mit dem Wind verband, verfolgte sie offensichtlich gleichmütig dem Wippen der Krone.

Ein offensichtlich zaghaftes Zittern und ein offensichtlich sichtbares Zittern, überschüttete Mara und trieb ihre Haut in ein durchzuckendes Kribbeln, denn der Abend war offensichtlich ein kalter Abend und Moritz, der dieses Zittern offensichtlich bemerkte, fragte: „Was tust du?"

Und Mara sah ihn offensichtlich überrascht an und antwortete: „Nichts."

Mara's Wesen

Die normalen Tage wurden zunehmend dunkler und die normalen Tage wurden wesentlich kürzer und die Sonne schien stets abwesend und ein dicker ungewöhnlicher Nebel schien stets anwesend und der bunte Schimmer des Herbstes war offensichtlich der grauen Trübung des Dezembers gewichen.

Ein für Mara normaler Monat war vergangen und ein für Sie gewöhnlicher Monat lag folglich hinter ihr und erste unnormale Punkte wurden überschritten und erste ungewöhnliche Punkte wurden erreicht und diese erste unnormale Überschreitung wurde zunehmend sichtbarer.

An dem damals gegenwärtigen Samstagnachmittag spielte das gewöhnliche Radio im Wesentlichen seichte gewöhnliche Lieder und an dem damals gegenwärtigen Samstagnachmittag spielte das gewöhnliche Radio im Wesentlichen Lieder der sechziger Jahre und gemäß Maras Wesen summte sie diese Lieder mit und ihrem Wesen entsprechend wippte sie vergnügt mit dem rechten Fuß die Melodien dieser seichten Lieder nach, während sie einen Kuchenteig zubereitete.

Moritz war abwesend an diesem damals gegenwärtigen dritten Adventswochenende, denn

Moritz war anwesend in Kassel bei seinen Eltern und Mara genoss diese, seine Moritz Abwesenheit, indem sie im Wesentlichen einen Kuchen zubereitete und sie, Mara genoss seine, Moritz Abwesenheit im Wesentlichen dadurch, dass sie seichte Lieder aus dem gewöhnlichen Radio hörte.

Seine Abwesenheit beinhaltete eine Anwesenheit von Ruhe und Gelassenheit. Mara hörte Musik, die sie, Mara dem Wesen nach mochte und sie, Mara betrank sich bereits am Nachmittag mit einer Flasche Wein. Ihrem betrunkenen Wesen entsprechend, tanzte sie durch den normalen Flur und durch die unnormale Küche und sang im Wesentlichen schief und laut die gewöhnlichen Lieder aus dem normalen Radio mit.

Gemäß ihres betrunkenen Wesens versuchte sie sich in exotischen Tanzschritten und im Wesentlichen sagte sie sich: „Ist das toll. Die ganze Wohnung für mich!"

Die Anwesenheit der seichten Lieder und die Abwesenheit Moritz an diesem damals gegenwärtigen Adventswochenende verursachten im Wesentlichen, dass Mara zufrieden lächelte und das im Sinne dieses betrunkenen Wesen Mara sagte: „Endlich für mich. Keiner der nervt. Endlich mal ganz allein."

Sie genoss die Abwesenheit von Moritz und sie genoss die Ruhe, welche die Abwesenheit Moritz auslöste. Doch ihrem betrunkenem Wesen entsprechend langweilte sich Mara zunehmend und es langweilten Mara mehr und mehr die seichten Lieder des gewöhnlichen Radioprogramms, die sie dem Wesen nach mochte und im Wesentlichen schon immer kannte und aus dieser Anwesenheit von Langeweile herauf und ganz im Sinne ihrer Trunkenheit, rief sie, Mara spontan sie, Ayna an.

„Hey Mara", erklang die ihrem, Ayna's Wesen nach freundliche Stimme.

„Wie geht's dir?", fragte Mara fröhlich.

"Was machst du?", fragte Ayna zurück.

Und nachdem sie, Ayna und Mara das Wesentliche austauschten und nachdem sie, Ayna und Mara im Wesentlichen über die letzten Wochen sprachen, schlug sie, Ayna ihr, Mara vor: „Hast du Lust, heute Abend mit mir feiern zu gehen. Da hat so ein neuer Laden in der Warschauer aufgemacht."

Im Sinne ihres, Maras betrunkenen Wesens und im Sinne ihres, Maras gelangweilten Wesen beschloss sie umgehend an diesem damals gegenwärtigen Abend des dritten Adventswochenendes mit ihr, Ayna ihr beider Unwesen zu der Warschauer Straße zu treiben.

„Alles klar, super! Ich hol dich dann so nach zehn ab. Freu mich!", sagte Anyna und legte sie ohne im Wesentlichen auf eine Antwort von ihr, Mara zu warten, auf.

Mara tanzte durch die unnormale Küche und ganz im Sinne ihres betrunkenen Wesen rauchte Mara im Wesentlichen unaufhörlich Zigaretten und hörte in Endlosschleife: Can.

Gemäß ihres, Aynas Wesen war sie bereits um neun anwesend und ihres, Aynas Wesen entsprechend brachte sie eine Flasche Wein mit. Und gemäß ihres, Aynas Wesen waren wie immer ungewöhnliche, doch im Wesentlichen normale Neuigkeiten anwesend.

„Ich habe dir so viel zu erzählen, du glaubst nicht, was in letzter Zeit so los war.", sprach Anya ungeduldig.

Gemäß ihres, Maras und Aynas von Euphorie ergriffenen Wesens und gemäß des trunkenem wie betäubten Wesens setzten sie sich an den Küchentisch in die unnormale Küche und sprachen im Wesentlichen Belangloses, während sie, Mara ihrem Wesen nach vergeblich versuchte die Flasche Wein die sie, Ayna mitbrachte, zu öffnen, während sie, Ayna ihrem Wesen nach ihr, Mara in ausschweifenden Gesten ihre normalen Neuigkeiten ausführlich im überschwänglichen Ton berichtete.

„Also das war unglaublich! Ich stand so wie jeden Tag hinter der Theke und suchte neue Musik zum Bestellen, als plötzlich dieser Typ auftauchte. Oh mein Gott, ich sag dir, der sah so unglaublich gut aus!", erzählte Ayna und ihrem gierigen Wesen entsprechend, nahm sie einen weiteren großen Schluck Wein, bevor sie weiter sprach: „Also er fragte mich, ob ich etwas von Scirocco hätte, nach denen ich sowieso schon seit Ewigkeiten suchte und wie es der Zufall so wollte, hatte ich das neue Album von ihnen tatsächlich erst kürzlich ausfindig machen können. Kennst du Scirocco?"

Im Wesentlichen verstand Mara nicht, worum es sich handelte und ihrem Wesen nach, dem Unwissen Musik gegenüber, verneinte sie ihre, Aynas Frage. „Naja, jedenfalls hatte ich die Platte da. Er war unglaublich und überglücklich und lud mich gleich zu einer Privatparty ein, irgendwo in Mitte."

Ayna berichtete ihr, Mara in ausschweifenden Gesten und ganz ihrem Wesen entsprechen unaufhörlich und mit jeglichem schmückenden Detail die wesentlichen Ereignisse, die sie, Ayna erlebte und die ihr, Mara als unnormale Ereignisse erschienen und doch im Sinne Aynas Wesen normale Ereignisse waren.

Und sie, Ayna, berichte gemäß ihrem Wesen unaufhörlich berauschend und sie, Mara lauschte gemäß ihrem Wesen unaufhörlich gespannt zu und war ungehörig neugierig auf die wesentlichen Berichte und das wesentliche Unwesen, dass sie, Ayna rieb.

„Am nächsten Morgen beim Frühstücken stellte sich jedenfalls heraus, dass der Typ doch tatsächlich der Keyboardspieler von LCD Soundsystem ist. Ich weiß, was du jetzt denkst, ein bisschen alt für mich, aber du weißt ja, was man so sagt. Außerdem war er super und so zuvorkommend und gut aussehend und so charmant und einfach der Hammer, du verstehst", schwärmte Ayna.

Jeder Taubstumme verstand nach diesem schamlos breiten Grinsen, was sie, Anya meinte. Im Wesentlichen verunsicherten Mara dieses schelmenhafte Grinsen und diese gefühlte Unsicherheit verursachte offensichtlich der verwegene Ausdruck in ihren, Anyas Augen.

Mara war im Wesentlichen geschockt und Mara rechnete, denn nach ihrem Wissen, müsste dieser Mann mindestens fünfzig Jahre alt sein und ganz im Sinne ihres Wesens fragte sie, Mara sich: „Wie kann man nur mit jemanden, der doppelt so alt ist, ins Bett gehen" und gemäß Maras Wesensart überlegte sie, Mara, ob ihr, im Wesentlichen langweiliges normales Leben sich nicht auch unbewusst nach einem hemmungslosen Wesen und nach einem völlig übertriebenen Wesen sehnte, so wie sie, Mara es im Wesentlichen bei ihrer, Ayna's Wesensart wahrnahm.

„Die eingefallene Haut, das alternde Gesicht. Wie kann man nur? Doch anderenfalls wenn man Single ist, warum denn nicht?", dachte Mara.

Entgegen ihrem prüden Wesen stellte sich sie, Mara im Wesentlichen vor, wie sie, Mara ein Unwesen mit älteren Männern treiben würde, doch ganz im Sinne ihres prüden Wesens und trotz ihres trunkenen Wesens, konnte sie, Mara sich nicht eine bewusst sexuelle Anziehung mit anderen älteren normalen Leben, außer Moritz vorstellen.

Ayna die diese grübelnde Anwesenheit Maras wahrnahm, drehte ganz im Sinne ihres unnormalen Wesens die im Wesen gewöhnliche Musik lauter und völlig ihrem, Ayna Wesen entsprechend zog sie, Ayna sie, Mara mitreißend am Ärmel und sagte: „Dann wollen wir uns doch mal eine hübsche Klamotte für heute Abend zusammenstellen."

Nachdem sie, Ayna sie, Mara in ihr, Maras normales Schlafzimmer zerrte, fragte sie, Ayna sie, Mara: „Was hast du denn so da?", und sie, Ayna fragte sie, Mara ihrem Wesen nach: „Was ist mit dem hier?".

Ayna fand im Wesentlichen die Kleidung vor, die ihr, Maras Wesen entsprach, denn sie Ayna, fand im Wesentlichen solch eine Kleidung vor, die sie, Mara für gewöhnlich trug. „Also das Rote hier sieht langweilig aus", stellte sie, Ayna umgehend fest und im Wesentlichen stellte sie, Anya ebenfalls klar: „Das sieht auch langweilig aus und das auch und das, Oh Gott, das geht ja gar nicht."

Sie, Ayna fand im Wesentlichen nicht das, was sie hätte ihrem unnormalen Wesen nach ansprechend passend finden können, doch ganz im Sinne ihres Wesen äußerte sie sich ihr, Mara offensichtlich wie folgt gegenüber, nachdem sie Mara ein hellblaues Top reichte: „Wow, du hast ja einen Busen. Willkommen! Und nun hier zieh diesen knallengen Rock an. Der passt super dazu!"

Als sich Beide ganz im Sinne ihres, Aynas Wesen und ganz entgegen ihres, Maras Wesen die Augen im Wesentlichen makaber schwarz umrahmten und das Gesicht in Make-up tunkten, machten sie sich auf den Weg zu dem an diesem damals gegenwärtigen Samstagabend stattfindendem Konzert, in der Warschauer Straße.

Sie, Mara war ganz im Sinne ihres gelangweilten Wesens im Wesentlichen erpicht auf den damals gegenwärtigen Samstagabend und sie, Mara war ganz im Sinne ihres unwissenden Wesen gegenüber dem unnormalen Leben Aynas gespannt auf den damals gegenwärtigen Samstagabend.

Mara fühlte sich im Wesentlichen unsicher, doch fühlte sie sich gleichzeitig und entgegen dieser Unsicherheit, im Wesen ihrer neuen Wesenserscheinung ihrer Selbst sicherer.

In der gewöhnlichen Straßenbahn an diesem damals gegenwärtigen Samstagabend waren ausschließlich im Wesentlichen äußerlich grotesk zurechtgemachte normale Leben und im wesentlichen fratzenhaft zurechtgemachte normale Leben und diese anwesenden äußerlich zurechtgemachten normalen Fratzen-Leben in der gewöhnlichen Straßenbahn anwesend und Bier war anwesend und Wein war anwesend und zudem war eine ausgelassene Stimmung in der gewöhnlichen Straßenbahn anwesend, sodass Ayna ihrem Wesen entsprechend, sich zu einer anwesenden kleinen Gruppe von normalen Leben gesellte.

Das Konzert fand im oberen Stockwerk der Kulturfabrik statt und im Wesentlichen waren lediglich im unteren Stockwerk kleinere Gruppen von normalen Leben anwesend gewesen.

Der düster ausgeleuchtete Raum im oberen Stockwerk, in dem im Wesentlichen das Konzert stattfand, befand sich in einer umgreifenden Anwesenheit von Qualm, sodass sie, Mara nach dem Betreten ihrem Wesen entsprechend, einem ungewöhnlichen Schwindelgefühl standhalten musste.

Die anwesende Band spielte ab dem damals gegenwärtigen Zeitpunkt, an dem Mara im Wesentlichen dem Konzert folgen konnte, bereits eine halbe Stunde. Die Stimmung, ausgelöst durch die anwesenden normalen Leben, war im Wesentlichen heiter und die anwesende Sängerin zog das anwesende normale Publikum sogartig durch ihr Wesen in ihren Bann.

Sie, die anwesende Sängerin hatte ihrem Wesen entsprechend Langes und sie hatte ihrem Wesen entsprechend braunes Haar und entsprechend ihrem Wesen hatte sie einen großen Busen und dementsprechend präsentierte sie, die anwesende Sängerin diese üppige Pracht durch ein hautenges Shirt.

Ganz im Sinne der anwesenden Sängerin sang sie im Wesentlichen mit einer verrauchten und einer verraucht-verruchten Stimme und ihr Blick schweifte ganz im Sinne ihres erhaschenden Wesens durch die Menge. Sie senkte ihren Kopf betörend und in diesem Sinne schaute sie ihrem Wesen entsprechend eindringend in das Wesen der Anderen und aus ihren stechenden Augen strahlte ganz diesem Wesen entsprechend das Verruchte.

Mara und Ayna tranken ihrem betrunkenem Wesen entsprechend mehr Wein und sie, Mara und Ayna, schlängelten sich wesenhaft durch die Menge der normalen Leben, bis sie im Wesentlichen dicht gedrängt vor der Bühne standen.

Mara starrte ihrem Wesen entsprechend staunend auf die anwesende Sängerin und Mara beobachtete eingehend, wie die anwesenden männlichen normalen Leben die anwesende Sängerin im Wesentlichen mit ihren obszönen Blicken auszuziehen schienen und Mara beobachtete fasziniert, wie die anwesenden weiblichen normalen Leben sie, die anwesende Sängerin so betrachteten, als wollten sie, die anwesenden weiblichen normalen Leben ebenso hinreißend sein wie die anwesende Sängerin.

Die Anwesenheit der belebenden Musik und die Abwesenheit Aynas, die sich mit anderen anwesenden normalen Leben unterhielt, brachte Mara im Wesentlichen dazu, unbekümmert zu tanzen, und die Anwesenheit der dröhnenden Musik brachte Mara im Wesentlichen dazu, ausgelassen zu tanzen, ohne die sonst anwesend lähmenden Gedanken, was wohl andere normale Leben dachten.

Durch die Anwesenheit des beflügelnden Weins und durch ihr anwesend betäubt angeheitertes Wesen, verloren sich ihre, Maras sonst anwesend schwer drückenden Gedanken in eine beflügelnde Abwesenheit und ihre sonst anwesend zermürbenden Gedanken verloren sich im Wesentlichen im Takt.

Mara dachte entgegen ihrer normalen Wesensart an nichts, und Maras Kopf war ganz

170

entgegen ihrer normalen Wesensart leer und sie tanzte im Einklang mit dem anwesenden Rhythmus und sie versuchte rauschhaft, die anwesenden Töne zu ertasten, und sie schloss umnebelt die Augen und sie tanzte einen dionysischen Tanz.

Selbstverloren in dieser damals gegenwärtigen Anwesenheit der belebenden Musik und selbstvergessen in dieser damals gegenwärtigen Anwesenheit ihres scharmanenhaften Tanzes, tippte sie, Ayna sie, Mara plötzlich an die Schulter und sagte: „Hier nimm das!"

„Was ist das?", fragte Mara.

„EX", lächelte Ayna im Wesentlichen aufmunternd und Mara von der Abwesenheit der sonst anwesend und mahnenden Gedanken beflügelt, dachte nicht wesentlich weiter und schluckte folglich die blaugefärbte Pille mit dem Motiv eines eingeprägten Elefanten hinunter.

Nachdem die Band ihr Konzert beendete und nachdem im Wesentlichen zwei gute Zugaben durch die damals anwesende Sängerin gesungen wurde, begann ein DJ seinem Wesen nach Elektro zu spielen.

Dem Pult gegenüber befand sich eine weitere Bühne, die im Wesentlichen aus zwei Boxen bestand und auf der entsprechend einem zur Schau stellenden Wesen normale Leben ausgelassen tanzten. Entgegen Maras alltäglichen Wesen und entgegen Maras normaler Wesensart tanzte sie, Mara hüftschwingend an der linken Box der Bühne, die sich dem DJ-Pult gegenüber befand.

Ganz im Sinne ihres neuen Wesens bewegte sie, Mara kreisend ihre Schulter zum Rhythmus der Melodien und ganz im Sinne eines neuen Wesens schwang sie, Mara sinnlich ihre Hüften zum Takt der Musik und gemäß ihrem Unwesen ertastete sie, Mara die Töne im Wesentlichen mit ihren Fingern.

Mara war vollkommen berauscht und sie fühlte ihr Herz wesentlich stoßartig gegen ihre Brust schlagen und sie fühlte, wie ihre Knie wesentlich weicher wurden und sie verspürte ein wesentlich einnehmendes Kribbeln in den Zehen, das wesenhaft und zärtlich über ihre Oberschenkel glitt und sie, Mara verspürte dieses sinnliche Kribbeln wesentlich in ihrem Bauch und sie Mara, verspürte ein sanftes Kitzeln in ihrem Bauch, das im Wesentlichen über ihre Brust einhüllend ihren Hals erfasste und sie heftig zum Atmen brachte und um dieses dem Wesen nach berauschend alles umschließende heftige Kribbeln zu ertragen atmete sie, Mara wesentlich stoßartiger, wodurch dieses dem Wesen nach berauschend ekstatische Kribbeln im Sekundentakt wesentlich ekstatisch hinauf und hinabglitt und wesentlich ihren ganzen Körper durchströmte.

Die Droge entfaltete sein Wesen. Mara tanzte ihrem neuen Unwesen entsprechend sinnlich und Mara tanzte dem Wesen der Droge entsprechend anmutig und wie im Traum verloren. Im Wesentlichen waren ihre Augen geschlossen und sie, Mara gab sich völlig dem Wesen der Droge hin und sie, übergab sich ganz und gar dem Wesen der Musik und sie tanzte ausgelassen im Sinne ihres neuen Unwesens, so beschwingt, wie sie ihrem Wesen entsprechend niemals zuvor getanzt hatte.

Im Wesen der Droge tanzte sich Mara in berauschende Ekstase und im Wesen der Droge tanzte Mara einen dionysischen Tanz und im Wesen der Droge tanzte sich Mara in schamanische Trance und ihrem neuen Unwesen entsprechend bewegten sich ihre Arme schwingend und ihre Beine ruckartig nach dem Wesen des Taktes. Schweiß rang ihr wesentlich aus den Achselhöhlen und ihre Wangen glühten kribbelnd heiß und im Wesentlichen bildeten sich kleine feine Perlen auf ihrer Stirn und unter ihren Augen verschmierte sich im Wesentlichen der schwarze Lidstrich, den sie ganz im Wesen Aynas aufgetragen hatte.

Ein großes männlich anwesendes unnormales Leben, seinem unnormalen Wesen nach mit einem lässig gepflegten Bart und gemäß einem unnormal schönen Wesen ein muskulöses Wesen, das direkt neben ihr, Mara tanzte, reichte ihr, Mara auffordernd eine Flasche Wasser und er, das große männliche anwesende unnormale Leben reichte ihr, Mara die Flasche Wasser mit einem verzückenden Augenzwinkern.

Durch das heftige Atmen, dass das unberechenbare Wesen der Droge auslöste, war ihr, Maras Mund im Wesentlichen so trocken und im Wesentlichen war er so trocken, das sich eine gefühlte Dürre ihre Kehle hinab rang, weshalb sie ganz im Wesen der Droge das Wasser gierig zu ihrem ausgetrocknetem Mund führte.

Ihre, Maras schmeichelnde Blicke und das des großen männlichen anwesenden unnormalen Lebens, trafen sich im Sinne eines wohlwollenden Unwesens und ihre Blicke trafen sich abermals eindringlich im Sinne eines berauschten Unwesens und ihre Blicke trafen sich fortwährend im Sinne eines ungezügelten Unwesens.

Seine blauen Augen tasteten einem verruchten Unwesen entsprechend, Maras Körper begierig ab und ihre, Maras Augen beobachteten entsprechend ihrem neuen beschwingten Unwesen entsprechend, seine wiederkehrenden Bewegungen zur Musik.

Maras Shirt wurde wesentlich nasser durch den laufenden Schweiß und Maras Stirn glänzte und ihre Füße klebten an den Socken und ihre Strumpfhose klebte wesentlich an den Beinen und ihre Hände waren schweißgebadet und ganz im Wesen der Droge glühte ihr Gesicht und dem Wesen der Droge entsprechend wurde ihr Kopf stets heißer und heißer.

Eine durch das Wesen der Droge ausgelöste Anwesenheit von Nervosität und eine durch das Wesen der Droge ausgelöste Anwesenheit von Intensität trieb Mara zu ihrem neuen Unwesen und sie wurde dem Wesen der Droge entsprechend fortwährend angetrieben und es schien ihr, als stünde sie kurz vor einer ekstatischen Explosion und dieses Unwesen könnte in Sekundenbruchteilen alles in ihr auseinanderzerren und doch jeden Augenblick wieder alles heilend fügen.

Das Wesen der Droge packte ihr neues Unwesen und riss ihre schwarz umrahmten Augen weit auf. Das Wesen der Musik brach Mara durch das Wesen der Droge in eine chaotische Gefühlswelt und gleichzeitig in allumfassende Harmonien, welche reine, pure Lust barg. Dem Wesen der Musik entsprechend fiel der Bass fortwährend tiefer und fortwährend schwerer und Mara schien es, als stünde ihr Kopf vor einem belebenden Ausbruch.

Das männliche unnormale Leben sah offensichtlich das Unwesen, das Mara trieb und er nahm die anwesende Flasche Wasser und übergoss den Inhalt über Maras Shirt. Das kalte klare Wasser rinn im

Wesentlichen auf ihren Brüsten hinab und das kalte Wasser übergoss sich im Wesentlichen auf ihrem Bauch und es floss im Wesentlichen hinab zu ihren Schenkeln und durch das Unwesen, dass das Wesen der Droge mit ihr, Mara trieb, kribbelte ihre, Maras Haut an den Stellen, an denen das Wasser sich ergoss und ihre, Maras Haut kribbelte dem Wesen der Droge entsprechend so ekstatisch, das diese Stellen sich in Gänsehaut hüllte.

Ganz im Sinne ihres berauschten Wesen verfolgte Mara dem wesentlichen Fluss des Wassers auf ihrem Körper und ganz im Sinne eines Unwesens umfasste das männlich unnormale Leben ihr Kinn und ihrer beider Wesen entsprechend küsste er sie zart und entsprechend dem treibenden Unwesen küsste er sie fest und Mara geriet ihrem berauschten Wesen nach in pure Erregung und die Bässe schlugen gemäß dem Wesen der Musik lauter.

Mara setzte sich ihrem neuen Unwesen entsprechend mit gespreizten Beinen auf die linke Box und das große männliche unnormale Leben trat seinem getriebenem Unwesen gemäß vor Mara und er nahm erneut die Flasche Wasser und ergoss im Wesentlichen den letzten Inhalt über ihr, Maras Dekolleté und seinem Unwesen entsprechend zeichnete er mit seinen Fingern den wesentlichen Lauf des Wassers nach und er berührte im Wesentlichen ihre Nase und folglich streichelte er ihren Hals und derart im Unwesen ließ er seine Finger zwischen ihren Brüsten kreisen, bis hinab zu ihrem Bauchnabel und seinem Unwesen entsprechend packte er ihre glühenden Schenkeln.

Sie, Mara lehnte sich wesentlich nach hinten und sie schmiss ihren Kopf im Wesentlichen schwungvoll in ihren Nacken und sie umfasste im Sinne ihres neuen Unwesen seinen Nacken und zog ihn fordernd an sich heran. Die beide küssten sich unbändig und die beiden streichelten sich eingehend im Wesentlichen an all den empfindlichen Stellen ihres Körpers, wo sie ihr beider Unwesen treiben mochten und die Anwesenheit anderer normalen Leben schien durch ihr beider treibendes Unwesen abwesend und die Zeit schien ihnen beide abwesend und die Anwesenheit des bebenden Technos schien in einen abwesenden Hintergrund geraten zu sein.

Mara nahm lediglich das männliche Wesen wahr und Mara nahm lediglich das Wesen des männlichen Körpers wahr, der sie im Wesentlichen fest und im Wesentlichen zart umschloss und ihrem neuen Unwesen entsprechend war nur die Anwesenheit des männlichen Geruchs und nur die Anwesenheit der Küsse und Berührungen und sein raues männliches Gesicht fassbar.

Im Wesen der Droge bewegte sich Mara rhythmisch unbewusst zu der im Hintergrund anwesenden Musik und der starke männliche

Körper schmiegte sich im Sinne ihres, Maras Unwesen an den ihrigen und beide pressten ihre Unterleibe flehend und begierig aneinander und trieben so ihr beider Unwesen ganz im Sinne ihres verruchten Wesens.

Durch die gefühlte Abwesenheit der Zeit und durch die gefühlte Abwesenheit der anwesenden normalen Leben, verlor sich Mara in dem Wesen der Droge und so vergaß sich Mara in dem Treiben ihres neuen Unwesens, bis plötzlich und ohne jede Verwahrung die Anwesenheit von Katharina, ihrer, Maras Nachbarin ihr, Mara schlagartig bewusst wurde. Denn sie, Katharina aus ihrem. Maras unnormalen Haus tippte sie, Mara wesentlich harsch und dem Wesen nach ernst auf ihre, Maras Schulter und fauchte: „Was machst du da? Spinnst du?"

Ergriffen vom Wesen der Droge strömte ein plötzlicher und harter Knall im Wesentlichen durch Maras Brust und ganz dem Wesen der Droge entsprechend, stieg ein im Wesen zerrendes und eine Art schlechtes Gewissen in ihr, Mara auf und dieses von diesem damals gegenwärtigen Zeitpunkt an, anwesende zerreißende Gewissen war so wesentlich und so packend, dass es Maras neues Unwesen bedingungslos in Stücke riss.

Das Unwesen, dass ihr, Mara zuvor noch im Wesentlichen bezaubernd und vollkommend und ganz diesem Wesen ausgesetzt, verzückend und göttlich erschien, entpuppte sich zu diesem damals gegenwärtigen Zeitpunkt als ein wesenhaft treibendes Etwas und als ein fratzenhaftes Unwesen, das abgrundtief hässlich und makaber sie, Mara in wesenslose Abgründe drängte.

Mara sah im Sinne dieses verzerrten Unwesens das große männliche unnormale Leben vor sich und sein zuvor erschienenes schönes Wesen, verzog sich in dieser damals gegenwärtigen Betrachtung im Wesentlichen zu einer närrischen Fratze und sein zuvor empfundener anziehender Blick geriet zu einer dem Wesen nach gierigen Maske, die sie, Mara auf das Äußerste hin, in widerwilligen Ekel versetzte.

Nun trieb die Droge ihr makaberes Unwesen mit Mara und ließ die ausgelassene Party ihr, Mara von diesem damals gegenwärtigen Zeitpunkt an, im Wesentlichen schemenhaft und verrückend erscheinen und das Unwesen der Droge trieb in ihr, Mara wesenloses Entsetzen hervor.

Katharina zog sie, Mara wesentlich derb und auffordernd an der Schulter hinab von der Box: „Geh lieber heim. Ich denke, du hast genug!"

Mara riss ihre Augen auf, die im Wesentlichen aus schwarzen Pupillen bestanden und Mara sah die Anwesenden normalen Leben im Raum kurios tanzen wie Wesen von Robotern und diese Roboterwesen tanzten stockend zu einer Anwesenden monotonen und zu einer wesenhaft gepressten und zu einer dem Wesen entsprechend schrill abwegigen Musik.

Ihr schien es, als verhöhnten sie, die Anwesenden robotertanzenden und maskierten Fratzen sie, Mara und ihr schien es, als starrten diese sie verulkend und herablassend, aus ihren weit aufgerissenen und tiefschwarzen Augen an.

„Ja, ich geh nach Hause", versprach Mara umgehend und sie suchte im Wesentlichen den befreienden Ausgang und Mara suchte im Wesentlichen nach Ayna und die Bässe schlugen ihrem Wesen nach hart und die Bässe schlugen ihrem Wesen nach erbarmungslos und der Raum schien ihr ein dunkles Wesen, der sie unaufhaltsam verschlang und die Anwesenheit dieses hängenden Pechschwarz und die Anwesenheit dieser beklemmenden Düsterheit stürzten Mara in ein unsicheres Wesen und es verwandelte sie, Mara in ein ängstlich und zutiefst verschrecktes Wesen.

Nachdem sie das oberste Stockwerk der Kulturfabrik im Wesentlichen vollständig aufgelöst verlassen hatte, sah sie, Mara das die Nacht bereits abwesend war und sie, Mara sah einen anwesenden Morgengrauen und die frühe Sonne, die im

Wesentlichen blendend in ihre Augen stach. Alles war hell, alles war sichtbar: Die leeren Flaschen auf dem grauen Asphalt, die Anwesenheit des Erbrochenen und die Haufen von weggeworfenen Kippenstummeln. Mir wurde entsetzlich übel.

Sie lief eilend, im wesentlichen zwei Seitenstraßen entlang, bis sie zu einer normalen Haltestelle gelangte. Die gewöhnliche Bahn war im Wesentlichen halb gefüllt mit normalen Leben und Mara vermied es im Wesentlichen, ein in dieser gewöhnlichen Bahn anwesendes normales Leben einen Blick zu schenken, da sie ganz im Wesen ihres verzerrten Unwesen im Glauben haftete, die anwesenden normalen Leben könnten im Wesentlichen erkennen, das sie, Mara dem Wesen einer Droge verfallen war.

Die gewöhnliche Bahn schien ihr, Mara ihrem verzerrten Unwesen entsprechend, schleppend in Zeitlupe zu fahren und gemäß ihrem, Maras verzerrten Unwesen richtete sie ihren Blick im Wesentlichen starr auf ihre Füße und sie, Mara wagte kaum eine wesentliche Bewegung, um im Sinne ihres paranoiden Wesens nicht entlarvt zu werden.

Als Mara im Wesentlichen erleichtert ihre unnormale Wohnung betrat, eilte sie wesentlich schnell zu dem unnormalen Badespiegel in die unnormale Küche und sie ließ im Wesentlichen kaltes Wasser über ihre Handgelenke fließen, während sie sich ihr verzerrtes Unwesen eingehend im Spiegel betrachtete. Ihre sinngetäuschten und grotesk groß wirkenden Augen waren gemäß, dem Wesen der Droge entsprechend unwirklich weit aufgerissen und bestanden im Wesentlichen aus pechschwarzen Pupillen.

Mara hatte sich offensichtlich eine Stunde mit dieser wesentlich intensiven Betrachtung ihrer, durch das Wesen der Droge, kurios starrenden Augen beschäftigt und ihr neues Unwesen erschien ihr in dieser wesentlichen Betrachtung fremd und absurd und sie dachte, während dieser wesentlichen Betrachtung, an das große männliche unnormale Leben und sie dachte an das, durch dieses große männliche unnormale Leben, ausgelöste Kribbeln und zu gleich entfachend lüsterne Wesen, das er aus ihr beschwor und ihr beider Unwesen miteinander treiben ließ.

Das verzehrende Unwesen und das zerrende Fratzenwesen der Droge überfielen sie, Mara zu diesem damals gegenwärtigen Zeitpunkt erneut und sie, Mara wurde im Wesentlichen durch ein Gefühl der Abscheu überrumpelt und in der wesentlichen Betrachtung sah sie ein leeres und ein matt eingefallenes Gesicht und sie, Mara sah wie ihre Wangen und ihre Lieder sich im Wesentlichen zu einer makaberen Fratze verzogen und sie sah, wie spröde im Wesentlichen ihre Lippen waren und es schien ihr, als hätte sich ihr Blick dem Wesen des Wahnsinns hingegeben.

An Schlaf war im Wesentlichen nicht zu denken. Maras Herz schlug ungeduldig und heftig im Sinne des verzerrenden Wesens der nachlassenden Droge und ihre Kehle war dürrtrocken und in diesem Sinne zitterten ihre Hände wesentlich und ihre Füße wippten unaufhörlich im Takt der nachlassenden Droge.

Maras ließ sie die wesentlichen Ereignisse des Abends Revue passieren und sie ließ im Wesentlichen die Geschehnisse fortwährend Revue passieren: Die Band, die Party, Ayna, die Droge, der Kuss, Elektro, das Wasser, die Party, die Droge, die Musik, die Berührungen. Durch das verzerrende Wesen der nachlassenden Droge war sie, Mara im Wesentlichen nervös und sie, Mara war im Wesentlichen angespannt, weshalb sie beschloss, im Sinne ihrer Wesensart zu notieren:

Sonntag, 17. Dezember
Ich kanns nicht lassen, müsste mich fassen.
Mit festem Schritt auf der Ebene der Tatsachen schreiten,
doch Träumerei, Sehnsucht und Naivität werden mich
stets begleiten.
Was spreche ich da?

Die Sicht scheint so klar!
Trotz dessen lässt es mich stagnieren,
und den Hang zur Wirklichkeit verlieren.
Ich kann nicht aufhören, dran zu denken,
kann nicht anfangen die Gefühle zu lenken.
Ich bin verloren in meinen scheinbaren Versionen,
ohne Hoffnung ein Wink des Schicksals wird sich jemals
lohnen.

13:00 Uhr
Was tut ihr mit mir?
Vergewaltigt meine Seele,
presst meinen Kopf gegen den Hauptstrom.
Fremd scheint mir dieser,
fremd scheint ihr mir!
Weiter immer weiter schreit es!
Fort, flieh, renn!
Dreh dich nicht um!
Erkenne das Ferne!

16:14 Uhr
Die Decke und mein Kopf kommen sich immer näher.

Einen Tag und eine Nacht verbrachte Mara in diesem wachen Unwesen und sie konnte erst am darauffolgenden Abend eine erlösende Anwesenheit von Müdigkeit verspüren und ihrem übermüdeten Wesen schlafen helfen.

Doch im Wesen des unnormalen Lebens trieb sie in diesem Sinne kein Unwesen, denn das sichtbar treibende Unwesen ist das Wesen des unnormalen Lebens lediglich und ganz augenscheinlich, da scheinbar sichtbar für das normale Leben, ebenso wie das sichtbar treibende Unwesen das Wesen des normale Lebens lediglich und ganz augenscheinlich, da scheinbar sichtbar für das unnormale Lebens ist.

Wesenhaft schleicht das normale Leben für das unnormale Leben und wesenhaft schleicht das unnormale Leben für das normale Leben und Mara überschritt an diesem damals gegenwärtigen Samstagabend den Übergang von einem normalen Leben zu einem unnormalen Leben, das bereits vor dem damals gegenwärtigen dritten Adventswochenende sichtbar wurde und das durch diese erste sichtbare Überschreitung ihr, Mara allmählich bewusst wurde.

Durch diese erste allmähliche Bewusstwerdung erkannte sie, Mara an diesem damals gegenwärtigen dritten Adventswochenende das Wesen des unnormalen Lebens und sie, Mara erkannte die Wesensart des unnormalen Lebens, denn sie, Mara trieb ihr Unwesen.

***

An dem folgenden Montag bevor Rebekka, wie mir im Wesentlichen berichtet wurde, von ihrer normalen Wohnung zu der normalen Arbeit fuhr, hatte sie, Rebekka begonnen, wie mir später berichtet wurde, in allen Schubladen in ihrer normalen Wohnung zu wühlen, und sie, Rebekka suchte, wie mir im Wesentlichen berichtet wurde, an dem damals gegenwärtigen Montag nach alten Papieren ihrer sinnlos verstorbenen Mutter.

Sie stöberte im Wesentlichen in ihrer normalen Küche und sie kramte im Wesentlichen in ihrem normalen Schlafzimmer und ihrem Wesen nach, wie mir im Wesentlichen zu einem späteren Zeitpunkt berichtet wurde, hatte sie schon zuvor, vor dem damals gegenwärtigen Montag nach dem damals gegenwärtigen dritten Adventswochenende, nach alten Papieren ihrer sinnlos verstorbenen Mutter gesucht.

Kurz vor diesem damals gegenwärtigen Weihnachten suchte sie, Rebekka ihrem Wesen nach erneut, denn ihr kam ihrem Wesen entsprechend ständig und ihr kam ihrem Wesen entsprechend fortwährend das Gespräch mit Karl in den Sinn und kurz vor diesem damals gegenwärtigen Weihnachten graute es ihr gemäß ihrer Wesensart sich mit Werner, ihrem Vater an einen wesentlich festlich geschmückten Weihnachtstisch zu setzen und ihm, Werner, ihr gespielt freundliches Wesen zu präsentieren. Es versetze sie, Rebekka in Unbehagen ihm, Werner ihr aufgesetzt friedliches Wesen zu zeigen, während sie, Rebekka das Anwesen in Brandenburg nicht vergaß und während sie, Rebekka im Wesentlichen ihm Werner, gemäß ihren Wesen seine Wesensart nicht verzeihen könne.

Doch sie, Rebekka war sich dessen nicht sicher, wie mir im Wesentlichen berichtet wurde, ob sie, Rebekka seinen, Karls Worten glauben konnte, denn ihrer Wesensart entsprechend schenkte sie einem sogenannten Glauben an ein gewisses Ding im Wesentlichen nie vor gewissen Wesensprüfungen an jenes Ding Beachtung.

„Das ist doch Quatsch was Karl da erzählt", dachte sie im Wesentlichen.

„Davon hätte ich doch gewusst. So ein Grundstück kann doch nicht einfach in Vergessenheit geraten", überlegte sie weiter.

Rebekka fand im Wesentlichen die Heiratsurkunde ihrer Eltern und sie entdeckte im Wesentlichen die Geburtsurkunden von Mara und von sich selbst und sie entdeckte im Wesentlichen den Totenschein ihrer sinnlos verstorbenen Mutter und sie erspähte im wesentlichen Anwaltsbriefe und sie erwischte im Wesentlichen Mietverträge und ihr fielen alte Sparbücher und Kontoauszüge in die Hände.

Doch Rebekka fand keinen wesentlichen Anhaltspunkt über ein Grundstück und dieser Abwesenheit von Anhaltspunkten entsprechend, stieg ihre, Rebekkas brodelnde Wut auf ihn, ihren Vater wesentlich rapide.

„Kann das sein? So ein blödes Arschloch, mich beim Studium halb verrecken lassen und dann so was", fluchte Rebekka.

„Penner", murmelte sie ihrem Wesen entsprechend zermürbend „ein verdammter Geizhals", sprach sie verachtend, wie mir im Wesentlichen berichtet wurde.

„Wenn es ein Grundstück gibt, dann muss doch jemand auf der Gemeinde in...", sie geriet ins Stocken, da sie sich den Namen der Gemeinde nicht notiert hatte „Neuwerda? Neurupta? Neuruppin? Kann das sein?"

Ihrem wütenden und ihrem ungeduldigen Wesen entsprechend suchte sie, Rebekka im Internet im Wesentlichen nach Neuwerda und sie forschte im Internet im Wesentlichen nach Neurupta und sie stöberte im Internet im Wesentlichen nach Neuruppin und sie entdeckte tatsächlich ein Neuruppin in Brandenburg.

Rebekka fand die Telefonnummer der Gemeindeverwaltung und ihrem Wesen entsprechend wählte sie umgehend die Nummer, denn sie, Rebekka versuchte im Wesentlichen erkennende Klarheit zu erlangen, denn sie Rebekka versuchte, wie sie mir im Wesentlichen selbst berichtete, Gewissheit zu erlangen, ob er, ihr Vater sie im Wesentlichen jahrelang niederträchtig belog und ob er, ihr Vater sie im Wesentlichen sinnlos „an der kurzen Leine hielt", wie sie sich im Wesentlichen selbst mir gegenüber äußerte.

Sie, Rebekka konnte sich ihrer Wesensart nach nicht vorstellen, mit diesem Halbwissen an Weihnachten als ein naiv freundliches und als ein verulkt friedliches Wesen brav dazusitzen, denn ihrem Wesen entsprechend würde eine entfachende Empörung ihr, Rebekkas Wesen wesentlich beeinflussen.

„Gemeindeverwaltung Neuruppin. Müller am Apparat, Was kann ich für sie tun?", sprach eine freundliche Stimme an anderen Ende der Leistung.

„Einen schönen guten Morgen. Rebekka Nalan aus Berlin. Ich hätte gern eine Auskunft bezüglich eines Grundstückes meines Vaters", antworte Rebekka.

„Einen Moment bitte, ich leite sie an die Bauverwaltung weiter", sagte die freundliche Stimme, bevor eine dem Wesen nach seichte Musik begann zu spielen.

Eine wesentlich verrauchte und eine offensichtlich ältere Männerstimme, meldete sich einige Augenblicke später: „Herbert. Bitte"

„Rebekka Nalan. Guten Tag. Ich hätte gern eine Auskunft zu dem Grundstück meines Vaters, Werner Nalan. In welchem Zustand ist es?", fragte sie sachlich.

Eine im Wesen kurze Pause trat ein, doch für Rebekka schien diese kurze Pause im Wesen einer Pause zu lang.

„Einen Moment bitte", sagte der Mann.

Und wieder erklang dem Wesen nach seichte Musik und wieder erklang dem Wesen nach eine kratzige Melodie aus dem Hörer, und wie mir im Wesentlichen berichtet wurde, erklangen diese seichte Musik und diese kratzige Melodie im Wesentlichen drei Minuten lang.

„Frau Nalan?", fragte nun eine weibliche Stimme.

„Ja?", antwortete Rebekka verwundert.

„Verzeihen Sie das es so lange dauerte, nur ist eine derartige Nachfrage nach diesem Grundstück schon eine Weile her", begann die Frau zu sagen.

Rebekka dachte im Wesentlichen: „Also gibt es doch ein Grundstück und Karl hatte die Wahrheit gesagt."

„Das Gebäude ist im guten Zustand. Seit ein paar Jahren wurde zwar nichts mehr dran gemacht, aber das alte Jagdhaus ist noch gut erhalten", erklärte die Frau am Telefon.

„Wo genau befindet es sich?", fragte Rebekka nach und war entsprechend dem Wesen dieses Telefongespräch verwundert und sichtlich irritiert.

„In der Speierstraße 1. Etwas außerhalb des Ortes. Sehr einsam, aber schön.", antwortete die Frau.

„Wie hoch wird denn der Wert geschätzt? Ich frage deshalb, damit ich es mit meinen Unterlagen vergleichen kann", hackte Rebekka weiter nach.

„Nun, das gesamte Grundstück wurde das letzte Mal vor fünf Jahren geschätzt von einer gewissen, Moment, warten sie. Ah hier. Von einer gewissen Sabrina Ruckel und zwar auf 300.000 Euro. Dieser Betrag kann heute natürlich nicht mehr ganz zu treffen, denn es wird sicherlich im Wert gesunken sein", erzählte die Dame am Telefon.

„Tante Sabrina?", dachte Rebekka überrascht und legte ihrem überraschten Wesen entsprechend abrupt den Hörer auf.

***

Wie schon zuvor, an dem damals gegenwärtigen Sonntag, des damals gegenwärtigen dritten Adventswochenendes verbrachte sie, Mara den gegenwärtigen Montag im Wesentlichen damit, resigniert in ihrem normalen Bett zu verbringen.

Dem verzerrenden Unwesen entsprechend hatte sie, Mara im Wesentlichen keine Lust normale Veranstaltungen der Universität zu besuchen und verspürte im Wesentlichen kein Interesse auf normale Leben und sie, Mara war im Wesentlichen nicht erpicht darauf sich in die normalen und engen Straßenbahnen zu quetschen oder den Geruch von anderen normalen Leben zu riechen in den engen und normalen Straßenbahnen oder bei den normalen Veranstaltungen der Universität.

Dem verzerrenden Unwesen entsprechend mochte sie im Wesentlichen nicht in die anwesenden Gesichter von normalen Leben blicken, die wesentlich glücklicher und wesentlich zufriedener dreinschauten und die im Wesentlichen in freudiger Erwartung und gespannt auf die Anwesenheit von Weihnachten und den Feiertagen schienen.

Mara graute es vor diesem sogenannten Heiligen Abend oder Heiligabend, ich bin mir dessen immer nicht ganz sicher, wie die normalen Leben diesen sogenannten Abend nennen.

Dem Wesen dieses Grauen entsprechend, sah Mara die Anwesenheit Rebekkas bei ihrem Vater und sie sah die Anwesenheit Moritz bei ihrem Vater und sie sah ihre eigene Anwesenheit bei ihrem Vater und dem Wesen diesem Schauder entsprechend, sah Mara die Anwesenheit eines winzigen und eines künstlichen Tannenbaums und sie sah die Anwesenheit von billigen Glühwein aus dem Tetrapack und sie sah die Abwesenheit von erhabenem Geschmack und in diesem Sinne sah sie die Abwesenheit von einem sogenannten besinnlichen Ambiente zu diesem sogenannten Heiligen Abend oder Heiligabend.

Dem Wesen dieser Vorstellungen entsprechend, erhielt Mara im Wesentlichen wieder einmal, wie die Jahre zuvor, Handschuhe geschenkt und diesem Wesen ihrer, Maras Ahnungen entsprechend würde sie, Rebekka im Wesentlichen mit überschwänglichem Stolz und mit wesentlichen Fragen von ihm, Werner überschüttet werden, während Moritz in seiner Wesensart im Wesentlichen unruhig auf die Uhr starren würde, um sein Unwesen mit seinen Freunden in der normalen Bar treiben zu können.

In dieser ihrer, Maras Vorstellung würde er, Moritz seinem Wesen entsprechend sie, Mara nicht fragen, ob sie beide, Mara und Moritz zusammen ihr Unwesen in der normalen Bar treiben wollen würden und sie, Mara würde ihrem Wesen entsprechend ihn, Moritz nicht fragen, ob sie beide, Moritz und Mara zusammen ihr Unwesen in der normalen Bar treiben wollen würden und sie, Mara würde sich ihrem Wesen nach allein zurückgelassen fühlen, wenn er, Moritz seinem Wesen nach in die normale Bar gegangen sein wird, obwohl sie, Mara ihrem Wesen nach auch in die normale Bar hätte gehen wollen.

Ihrem Wesen nach, wolle sie aus der Anwesenheit ihres Vaters und aus der Anwesenheit ihrer Schwester, an dem von diesem damals gegenwärtigen Montag an bevorstehendem Heiligen Abend oder Heiligabend fliehen und Moritz hätte seinem Wesen entsprechend diese gewollte Flucht dem Wesen ihrer, Maras Ahnungen entsprechend nicht erkannt, so wie es im Wesentlichen die Jahre zuvor war.

Montag, 18. Dezember
Die letzten Tage im Jahr.
An was und wen soll ich mich besinnen?
An den Schrecken, der einmal war?
An das Heucheln, den Hinterlist, das Trügerische,
dem ich niemals konnt entrinnen.
Für was soll ich dankbar sein?
Für den Dreck in meinen Schränken, die Schläge ins Gesicht?

Die verpflanzte Wut in meinem Gemüt,
die wächst und wächst,
und ausbricht und ausbricht,
so wie sich das Leben fügt?

***

Nachdem Mara im Wesen ihrer Vorstellungen, ihre anwesenden Gedanken bezüglich des bevorstehenden Festes eines sogenannten Heiligen Abends oder Heiligabend niederschrieb, machte sie, Mara sich eine wesentlich große Kanne Tee und sie packte eine dem Wesen nach große Tafel Schokolade auf ihr normales Bett und stellte im Wesentlichen ihren Laptop daneben und schaute sich, ganz im Wesen eines verschneiten, kalten Dezembermontages, vom Winde verweht an, so wie sie es stets ihrem Wesen nach tat, wenn sie, Mara in einer extrem zurückgezogenen Stimmung verweilte. Ganz in diesem Wesen verfangen, war sie, Mara an diesem damals gegenwärtigen verschneiten, kalten Dezembermontag melancholisch.

Alles an diesem damals gegenwärtigen Montag machte sie, Mara im Wesentlichen traurig und diese anwesende Traurigkeit entsprang aus der Anwesenheit ihrer tristen Gedanken an Moritz und durch deren Anwesenheit, dachte sie trostlos an ihren Vater. Die schauerlichen Gedanken an das bevorstehende Weihnachtsfest, dass sie, Mara ihrem

Wesen nach mit wesenhaften und mit im wesentlichen mit hoffnungslos zerreißenden Horrorszenarien verband.

Mara dachte erneut an ihr treibendes Unwesen des vergangenem samstags und das sie, Mara durch das Wesen dieses verzerrenden Unwesens seit dem, im Wesentlichen keinen Schritt mehr aus der normalen Haustür getan hatte und das sie ihre, Maras Anwesenheit lediglich auf die unnormale Küche und auf das normale Schlafzimmer hin beschränkte und das sich selbst ihre, Maras Anwesenheit auf der Toilette im Hausflur im Wesentlichen auf die Nacht beschränkte. Aus dem Wesen der beschämenden Angst heraus, sie könnte einem normalen Leben begegnen, besonders und im Wesentlichen Katharina, versteckte sie sich in den Räumen ihrer normalen Wohnung.

„Oh Gott Katharina", dachte Mara offensichtlich erschrocken, während der im Wesens dieses Films makaber lange Vorspann und der für Mara im Wesentlichen gefühlt ewig andauernde Vorspann des Filmes anlief.

„Muss ich mit ihr reden?", überlegte sie und schmiss sich im Wesentlichen beleidigt in die unnormalen Kissen ihres normalen Bettes.

„Ich will nicht!", dachte Mara und überlegte kurz weiter: „Aber ich muss!"

Im Sinne dieses trotzigen Wesens, wem gegenüber sie zu diesem damals gegenwärtigen Zeitpunkt im Wesentlichen böse war, konnte sie, Mara mir gegenüber nie klar äußern, nahm sie, Mara die Schokolade und steckte diese im Wesentlichen appetitlos in den Mund.

„So eine Scheiße! Oder soll ich es Moritz gleich selbst sagen? Aber wozu? Ich sehe den Typ ja nicht wieder, ich weiß ja noch nicht mal, wie er heißt, wo er wohnt und überhaupt, will ich ja gar nichts weiter", verhandelte sie mit sich.

Mara dachte an Ayna und Mara fragte sich, wo sie, Ayna an dem Samstagabend geblieben war und sie, Mara grübelte warum sie, Ayna nicht noch einmal zu ihr, Mara gekommen sei und sie, Mara verstand sie, Ayna gemäß ihres, Maras Wesen nicht und sie, Mara begriff ihre, Aynas umgreifende Spontanität gemäß ihrer, Maras Wesensart nicht und ihrem Wesen entsprechend fand sie, Mara ihr, Aynas impulsives Handeln unergründlich, da sie, Mara ihrem Wesen entsprechend nicht so war wie sie, Ayna.

„Endlich, Zwölf-Eichen!", freute sich Mara, als der Film begann und sie, Mara beobachtete im Wesentlichen müde und im Wesentlichen teilnahmslos die wesentliche Handlung.

„Alles so dramatisch", dachte sie dem Wesen des Films entsprechend.

„Ein Witz mit ihrer großen Liebe", lästerte sie und im Sinne ihres trotzigen Wesens äffte Mara zynisch die Schauspieler nach und im Sinne ihres beleidigten Wesens verzog sie die Mundwinkel grimassenhaft nach unten und im Sinne ihres missgestimmten Wesens rümpfte Mara die Nase fortwährend und in diesem Sinne wackelte sie makaber mit den Schultern und Mara nahm erneut ihr anwesendes Notizbuch und begann zu schreiben.

Der Mensch ist ein Gequälter und ein Quälender..

Bis wohin reicht mein Verstand?

Gefangen im Sicherheitsnetz?

Den Schlüssel welcher sich, nachdem Mara diese drei Sätze schrieb, im Wesentlichen lautlos im Eingangsschloss drehte, bemerkte Mara versunken im Wesen des Films nicht. Zu ihrem Erstaunen stand er, Moritz mit einem dem Wesen nach liebevollen Lächeln in der Tür und warf seinen Rucksack schwungvoll und die wesentlich überquellende Tasche in die Ecke.

Er, Moritz stand er im Wesen seines wunderbaren Lächelns, das Mara so sehr liebte, vor ihr. Maras wesentlich verzückter Ausdruck, den Moritz wesentlich anziehen fand, lockten ihn, Moritz seinem Wesen nach zu ihr, Mara in das normale Bett.

Mara und Moritz küssten sich im Wesentlichen so anregend, wie sie, Mara und Moritz es im Wesentlichen schon lange nicht mehr taten, denn sie küssten sich ganz im Wesen einer bezauberten Liebe und sie küssten sich im Wesen einer innigen Zuneigung zueinander.

Im Wesentlichen zaghaft, doch mit gekonnten Handgriffen entledigten er, Moritz sich ihrer, Maras Kleidung und er, Moritz kroch begehrlich unter die anwesende Bettdecke und er, Moritz streichelte im Wesentlichen behutsam ihre Brüste und er, Moritz berührte im Wesentlichen zart ihren Bauch mit seinen Lippen und er versank daraufhin zu den wesentlichen Stellen zwischen ihren Schenkeln.

Ganz im Wesen dieses für Mara neu erlebten Versunkenseins stöhnte sie im Wesentlichen leicht erregend, aber bestimmend fest und nachdem das leichte Stöhnen im Wesen des neu erlebten Versunkenseins immer heftiger und etwas ruckhafter und fortwährend stoßartiger wurde und spürte sie ein wesentlich kribbelndes Gefühl, das von den Schenkeln hinab in ihre Zehenspitzen glitt.

Im Sinne dieses neu erlebten Wesens erlebte sie, Mara ein noch nie zuvor erlebtes intensives

Gefühl. Die damals anwesenden gleichmäßigen Bewegungen waren dem Wesen nach sanft und die damals anwesenden rhythmischen Bewegungen waren dem Wesen nach fest und wurden zunehmend schneller und doch nicht peinigend, wie ich im Wesentlichen erfuhr. Moritz Wesen wurde von einem wesentlich durchzuckenden körperlichen Schauer ergriffen und von einem wesentlich durchströmenden Zittern, bis er, Moritz noch im Wesen seines für Mara bezaubernden Lächeln auf ihrer Brust im Wesen der Zufriedenheit niedersank.

Nachdem sie offensichtlich ihr Unwesen trieben, ruhten sie, Mara und Moritz einige damals gegenwärtige Minuten, bis sie, Mara und Moritz sich unter der Dusche bei der im wesentlichen selben Aktivität wiederfanden.

„Na mein Schatz, wie geht es dir? Hattest du ein schönes Wochenende?", fragte er, Moritz seinem zufriedenem Wesen entsprechend interessiert, während seine, Moritz Hand im Wesentlichen über ihren, Maras Haaransatz ihre linke Wange hinab wanderte, während sie, Mara und Moritz nach dem Wesen ihres Unwesens unter der Dusche standen.

„Ja, es war ganz schön.", antwortete Mara verlegen und schaute auf seine Brust, während sie Mara, im Wesentlichen verschämt ihre Finger auf derselben kreisen lief.

„Du hast mich wohl vermisst!", lächelte Moritz.

Dem Sein seines beflügeltem Wesen entsprechend nahm er, Moritz sie, Mara in den Arm und im Wesentlichen fragte er, Moritz sie, Mara: „Hast du nicht Lust, nachher mit mir in eine Dunkeltheateraufführung zu kommen?"

„Dunkeltheater? Du meinst, wir sitzen ganz im Dunkeln? So was wie Essen im Dunkeln?", gab Mara erstaunt wieder.

***

Der Eingang des Theaters an dem Mara und Moritz an diesem damals gegenwärtigen Dezembermontag anwesend waren, war eine dem Wesen nach alte Bahnhofshalle. Im Wesentlichen einige graue Treppenstufen hinabsteigend, gelangten sie, Mara und Moritz zu den ehemaligen Gleisen, die dem Wesen der alten Bahnhofshalle entsprechend verriegelt blieben.

Neben den Absperrungen stand im Wesentlichen ein Tisch, der im Wesentlichen als Kasse diente und sechs anwesende normale Leben versammelten sich vor diesem Tisch und hinter dieser Kasse wurde eine anwesende Garderobe sichtbar, an der zehn Jacken von abwesenden normalen Leben hingen.

Im Wesentlichen war es fröstelnd kalt, und als Mara gemäß ihrem frierenden Wesen ungeduldig auf die Uhr schaute, sah sie, dass es bereits acht war und es schien ihr, als würden im Wesentlichen nicht sehr viel mehr normale Leben zu dieser unnormalen Veranstaltung anwesend sein.

Hinter der anwesenden Garderobe knarrte eine ihrem Wesen entsprechende schwere Eisentür und ein großes, stämmiges normales Leben trat aus dieser schweren Eisentür hervor.

Als das große, stämmige normale Leben stampfend zur Kasse getreten war und seinen Blick misstrauisch über die Anwesenden schwenken ließ, nickte dieser seinem Wesen entsprechend ernst, dennoch zufrieden und gemäß seinem forschen Wesensart forderte er alle Anwesenden umgehend auf, ihre dicken Jacken an die anwesende Garderobe zuhängen und seinem Wesen unverzüglich zu folgen.

Den Raum, den sie, Mara und Moritz und die anderen Anwesenden, nach der großen und nach der knarrenden Eisentür betraten, war ein dem Wesen eines Heizungskellers entsprechend kahler Raum, mit im wesentlichen spärlich ausgestattetem Licht.

Ein zuvor abwesendes normales Leben wurde anwesend und forderte ihrem Wesen entsprechend alle Anwesenden auf, sich im Wesentlichen in einer Reihe aufzustellen und die Hände im Wesentlichen jeweils auf die Schultern des anwesenden vorderen normalen Lebens zu legten und sie, das zuvor abwesende normale Leben, führte die Anwesenden an.

Alle Anwesenden betraten folglich einen weiteren Raum, dessen Türrahmen im Wesentlichen mit einer Decke abgehangen wurde und dem Wesen eines stillgelegten Kellers entsprechend, war es wesentlich kalt und es war wesentlich düster, denn es herrschte eine absolute Dunkelheit, sodass Mara das anwesende normale Leben vor ihr im Wesentlichen nicht mehr sah und Moritz hinter ihr, nur noch tastend wahrnahm.

Im Wesen dieser absoluten Dunkelheit wurde im wesentlichen Gemurmel und wesenhaftes Gekicher lauter. Die anwesenden normalen Leben waren im Wesentlichen gespannt, welches Wesen tatsächlich das Wesen des Dunkeltheaters entspräche.

„Vorsicht Stufe und wir sind da", sprach das anwesende normale Leben rücksichtsvoll und führte die Anwesenden zu den Sitzreihen.

Auch dieser dritte Raum wurde eingehend beherrscht durch eine Anwesenheit absoluter Finsternis und Mara ertastete im Wesen dieser absoluten Finsternis eine Lehne und Mara setzte sich auf den im wesentlichen ertasteten Stuhl und tastend rückte sie im Wesen dieser Finsternis ein paar Stühle auf.

Die Anwesenden nahmen Stimmen wahr, wohl von anderen anwesenden normalen Leben und Mara vermutete, dass diese anderen anwesenden normalen Leben ihnen direkt gegenübersitzen mussten.

Aber wie war im Wesentlichen der Raum aufgeteilt? Wo war im Wesentlichen die Bühne? Alles wurde durch das Wesen der Finsternis und alles wurde durch das Wesen der absoluten Dunkelheit zunehmend träger. Es spielte keine wesentliche Rolle mehr, ob die Augen geöffnet oder ob die Augen im Wesentlichen geschlossen blieben, denn eine undurchdringbare Schwärze schien Besitz von allem und jedem einzunehmen.

„Das ist psychologische Folter", flüsterte Moritz im Wesentlichen „stell dir vor, du müsstest tagelang hier im Dunkeln sitzen. Man würde wahnsinnig werden."

Mara schauderte es wesentlich bei diesen beängstigenden Gedanken und durch das Wesen der absoluten Schwärze hatte sie, Mara das makabere Gefühl als hätte sie ihre Augen wesentlich weit und narrenhaft aufgerissen und durch das Wesen der absoluten Schwärze hatte sie das Gefühl, als wollten sich ihre Pupillen wesentlich weiter weiten, um einen anwesenden Lichtpunkt oder um einen anwesenden Umriss oder gar um einen anwesenden Schatten ausmachen zu können.

Gemäß der absoluten Schwärze war dieses wesentlich sinnlose Aufreißen der Augen aussichtslos, denn das Wesen der absoluten Dunkelheit lag wie ein schwarzer Schleier über den Anwesenden, der alles dem Wesen der absoluten Finsternis entsprechend uneinnehmbar umhüllte.

Eine nächste Gruppe von zuvor abwesenden normalen Leben betrat den Raum und ihre Stimmen kamen wesentlich näher und Mara spürte im Wesentlichen durch die anwesenden Tritte an ihrem Stuhl, dass sie hinten ihnen Platz nahmen.

Die anwesenden normalen Leben kicherten albern und alle Anwesenden sprachen von erbärmlicher Entführung und sie redeten von grotesker Folter und spekulierten von würdelosem Mord und alle anwesenden normalen Leben fragten sich im Wesentlichen, was man wohl mit ihnen vorhatte?

Eine im Wesen sehr laute und eine im Wesen sehr kraftvolle Frauenstimme, dessen Anwesenheit aus der hinteren linken Ecke des Raumes zu kommen schien, begann ihrem Wesen nach sehr auffordernd und deutlich zu sprechen: „Wir haben nun das Jahr 3040 erreicht. Die Erde ist evakuiert."

Eine weitere anwesende männliche Stimme, scheinbar aus der vorderen rechten Ecke des Raumes kommend, antwortete im Wesentlichen bestimmend: „Wir haben nun das Zeitalter der Spinix erreicht."

Mara horchte im Wesentlichen genau auf, woher die anwesenden Stimmen kamen, denn diese wechselten und die anwesenden Stimmen sprangen im Wesentlichen fortwährend von einer Ecke des Raumes zu einer anderen Ecke des Raumes und die anwesenden Stimmen wandelten sich im Wesentlichen wiederkehrend von Frauenstimmen in Männerstimmen und sie änderten sich ihrem Wesen nach von einer tiefen Stimme zu einer dem Wesen entsprechenden hohen Stimme und die anwesenden Stimmen tauschten im Wesentlichen laute Klänge gegen leises Getuschel.

Durch diesen schwankenden Stimmeneffekt setzte ein wesentlicher Schwindel bei Mara ein. Plötzlich wurde neben ihr eine Stimme anwesend, die ihrem Wesen nach kraftvoll und die ihrem Wesen nach erbarmungslos vom Untergang der Welt berichtete.

Da fand eine abschneidende Einmischung statt, war es ein Kampf? War er körperlich oder verbal?

Mara konnte sich im Wesen des Schwindels nicht länger konzentrieren und Mara konnte dem Wesen des Schwindels entsprechend den anwesenden Stimmen im Wesentlichen nicht mehr logisch folgen, denn die Dunkelheit schien sie in ein absolutes Nichts zu pressen.

Wieder ein dem Wesen nach entsetzlicher Schrei und abermals eine dem Wesen nach furchtlose Antwort aus ganz anderer Richtung. Und nun, ohne eine wesentliche Vorwarnung raste ein Blitz und es raste dem Wesen nach ein gleitender Blitz durch die anwesende Menge von normalen Leben.

Mara sah nach links und dort sah Mara die Anwesenheit eines schwebenden Frauenkopfes, und dann erblickte sie die Anwesenheit eines schwebenden Frauenkopfes in rotgetunktes Licht und im damals nächsten gegenwärtigen Augenblick war dieser rotgetunkter Frauenkopf wieder schlagartig abwesend.

Die Stimmen schienen ihr, Mara wieder zunehmend anwesend und die Stimmen sprachen ihrem Wesen entsprechend weiter, und die Stimmen wechselten ihrem Wesen entsprechend fortwährend ihre Position und Mara schien es, als drehten sich diese anwesenden Stimmen gemäß ihrer Wesensart klanglich im Raum.

Wieder ein Aufblitzen, jenes Mal im Wesentlichen in Blau und der abermals schwebende Frauenkopf kam ihr, Mara im Wesentlichen bekannt vor und sie, Mara schaute nach rechts zu ihm, Moritz, doch Mara konnte nicht einmal die Anwesenheit seiner Umrisse erkennen und sie spürte lediglich seine Anwesenheit durch sein leichtes und sein hörbar gleichmäßiges Atmen.

Stille!

Absolute Still!

Mara bemerkte im Wesentlichen die Anwesenheit ihres schlagenden Herzens durch ein wesentlich forsches Pochen und sie, Mara bemerkte im Wesentlichen zu diesem damals gegenwärtigen Augenblick die Anwesenheit ihres aufgeschreckten Herzens, durch das beständig erregte Pochen.

„Nein!", schrie eine anwesende tiefe Männerstimme dem Wesen nach aus der linken hinteren Ecke des Raumes.

„Tu es!", forderten zwei anwesende Stimmen aus der gegenüberliegenden Ecke des Raumes, dort wo auch Mara sich befand. Im Wesentlichen neben ihr, Mara und im Wesentlichen über ihr, Mara und im Wesentlichen vor ihr, Mara und im Wesentlichen hinter ihr, Mara, war die Anwesenheit der klagenden und fordernden Stimmen, mit den abwesenden Gesichtern zu vernehmen.

Da!

Und abermals die Anwesenheit des schwebenden Frauenkopfes. Jenes Mal in grünes Licht getaucht und wiederholend eindringlich betrachtete Mara diesen und nun, ab dem damals gegenwärtigen Zeitpunkt, erkannte sie die groteske Weise des schwebenden Frauenkopfes, denn sie sah das Wesen des ungewöhnlichen Blickes des anwesenden schwebenden Frauenkopfes und sie, Mara erkannte das Wesen des triumphierenden Blickes des anwesenden schwebenden Frauenkopfes.

Es war Ayna!

„Aber Anya?", erschrak Mara.

„Seit wann spielt sie denn Theater?", grübelte sie eingehend.

Und das unklare Abbild verschwand im Wesentlichen ebenso schnell wieder, wie es gekommen war, denn die Anwesenheit des schwebenden Lichtes betrug im Wesentlichen nur den Bruchteil einer Sekunde.

Als das Stück im Wesentlichen zu Ende war und nachdem wie erwartet das Wesen eines Happy End´s: Eine neue Erde, die im Wesentlichen eine Kopie der alten Erde darstellte und die im Wesentlichen die alte Erde ersetzte, die anwesenden Stimmen in Abwesenheit drangen, erschien ein wesentlich Schwaches und es rötliches Licht, das nur allmählich Umrisse zu erkennen gab.

Die zuvor anwesenden Schauspieler, mit ihren zuvor anwesenden Stimmen waren abwesend und der zuvor durch die anwesende Dunkelheit abwesend scheinende Raum wurde sichtbar. Er war dem Wesen nach eine kleine Lagerhalle und die sichtbaren Plätze waren im Wesentlichen so angeordnet, dass sich jeweils drei Sitzreihen im Wesentlichen gegenüber reihten. Die Mitte des, ab diesem damals gegenwärtigen Zeitpunkt an, sichtbaren Raums bestand im Wesentlichen aus einem Freiraum.

„Sollte das die Bühne gewesen sein?", verdutzt sah sich Mara um.
Sie hatte ihrem, in der absoluten Dunkelheit verharrendem, Wesen entsprechend nicht das Gefühl gehabt, als seien dort in der Mitte des Raumes Schauspieler anwesend gewesen, sondern eher als befanden dieselben sich gemäß dem Wesen ihrer Stimmen in den Ecken des Raumes. Als Mara bei dieser wesentlichen Betrachtung den Blick durch den Raum schweifen ließ, wurde ihr, Mara ein anwesendes normales Leben ersichtlich, dass auf der gegenüberliegenden Sitzreihe saß und weinte und von einem anderen anwesenden normalen Leben getröstet und in den Arm gehalten wurde.

Als Moritz und Mara im Wesentlichen draußen vor der Tür standen, sprachen sie ihrem Wesen entsprechend noch einmal über das Wesen des Stückes und Moritz war in seiner Wesensart begeistert, denn er liebte Sciences Fiction und Mara war ihrer Wesensart entsprechend unschlüssig und verglich das Wesen des Stückes im Wesentlichen mit einem Hörbuch in der Dunkelheit und lediglich die wesentlich kurz und die wesentlich kurz aufblinkenden Lichter fand sie, Mara merkwürdig und diese fand sie, Mara doch irgendwie unpassend.

„Welche Lichter?", fragte Moritz verblüfft.

„Na die drei Lichter, in Rot, Blau und", Moritz unterbrach Maras Ausführungen hastig.

„Da waren keine Lichter", und er begann zu lachen.

„Doch!", sprach Mara verteidigend.

„Nein! Das musst du dir eingebildet haben. Wahrscheinlich haben dir deine Augen einen Streich gespielt", sagte Moritz lächelnd.

Mara kniff unschlüssig die Augen zusammen „Was?", fragte sie.

„Komm, jetzt sei nicht eingeschnappt, du bist wahrscheinlich nur müde. Wenn man die Augen zu hat, kommen ja auch manchmal so weiße Streifen, das kennst du doch! Die waren bei dir eben rot oder blau oder beides", versuchte Moritz sie zu besänftigen.

Mara schüttelte im wesentlichen derb den Kopf und ihrem verzerrenden Unwesen zurückrufend, erschrak sie im Wesentlichen heftig, denn sie, Mara erkannte, das sie, Mara einen Backflash aus der Anwesenheit der nachlassenden Droge gehabt haben müsste und im Wesentlichen aus dem Wesen der Droge nahm sie, Mara die Anwesenheit der makaberen Lichter wahr und sie, Mara nahm wohl ihre, Aynas Anwesenheit war, da sie, Ayna, ihr, Mara das Wesen der verheerenden Droge näher brachte.

„Was anderes kann es ja nicht sein", rätselte sie eingehend.

„Jetzt hör schon auf zu grübeln. Los, komm, wir gehen in die Bar", drang Moritz.

Mara war jedoch im Sinne der nachlassenden Droge und gemäß ihres wieder in den Gedanken anwesendem Unwesen, das sie zwei Tage zuvor trieb, nicht nach von Gesellschaft und darum wollte sie, Mara im Wesentlichen nach Hause und darum wollte sie, Mara im Wesentlichen schlafen gehen.

„Mensch, du bist doch keine achtzig", versuchte Moritz in seiner Wesensart sie, Mara erfolglos zu überreden, doch Mara wollte zu diesem damals gegenwärtigen Dezemberabend ihrem Wesen entsprechend alleine sein und nachdenken und sie, Mara wollte zu diesem damals gegenwärtigen Dezemberabend im Sinne ihres Wesens nur für sich sein. Also gingen sie, Mara und Moritz im Wesentlichen getrennte Wege.

Die Straßen, die sie, Mara für ihren Nachhauseweg im Wesentlichen schleppend durchlief, an diesem damals gegenwärtigen Dezemberabend waren hell und grell beleuchtet und doch schienen die Lichter abwesend an ihr vorüber zu ziehen.

Mara vergaß die ihrem neuen Wesen entsprechend anwesenden Straßen und Mara vergaß ihrem neuen Wesen entsprechend die anwesende Nacht und sie vergaß die Abwesenheit von Moritz und verdrängte gänzlich das kürzlich erlebte Theater.

So schlenderte sie, Mara im Sinne ihres neuen Wesens träge auf dem Bordstein und sie bummelte im Sinne ihres neuen Wesens seelenruhig auf dem Bürgersteig und diesem neuen Wesen entsprechend vergaß sie, Mara die Zeit und sie, Mara sah sich im Wesentlichen um. Überall waren Plakate anwesend und blinkende Werbeschilder und fortlaufend wurden Mara Signaturen sichtbar, die den anwesenden Dingen ein Wesen signierten, ein Wesen von scheinbaren Meisterwerken.

„Alles muss wohl signiert werden", dachte sie im Wesentlichen abwertend.

Jede wesentliche Autowerbung bekam ein Wesen durch eine eigene Signatur und jede wesentliche Jeanshose bekam ein Wesen durch eine eigene Signatur und jedes wesentliche Lebensmittel bekam ein Wesen durch eine eigens kreierte Signatur und jedes wesentliche Bild hatte ein Wesen durch die beschriftete Signatur und jeder wesentliche Text, bekam ein Wesen durch eine schraffierte Signatur.

Alles trug im Wesentlichen eine Signatur und alles war im Wesentlichen gezeichnet, so wie auch Mara nun ihrem neuen Wesen entsprechend eine eigene Signatur trug und ab diesem damals gegenwärtigen dritten Adventswochenende ließ sich das Folgende im Wesentlichen nicht mehr aufhalten.

Mara's Bewusstsein

Zu diesem damals gegenwärtigen Zeitpunkt wurde Mara sich allmählich ihrem normalen Leben bewusst und ab diesem damals gegenwärtigen Zeitpunkt erkannte sie, Mara zunehmend das Sinnlose eines normalen Lebens und das Sinnvolle eines unnormalen Lebens.

Mara erkannte die Unbewusstheit eines sinnlosen normalen Lebens und gewöhnte sich an die Bewusstwerdung eines sinnvollen unnormalen Lebens und dieser Bewusstmachung entsprechend, veränderte sich Maras Wesen allmählich und ein bewusst unnormales Leben wurde zunehmend anwesender. Doch zu diesem damals gegenwärtigen sogenannten Weihnachtsfest verdrängte Mara noch unbewusst diese sie befreiende Bewusstwerdung.

Weihnachten verlief Maras Ahnungen entsprechend, so wie sie sich die vergangenen Weihnachten bewusst in Erinnerung gerufen hatte: Der durch Werner bewusst günstig erworbene und darum unbewusst billig wirkende Weihnachtsbaum stand träge, mit bewusst behangenem und trostlosen Lametta in der Ecke des normalen Wohnzimmers seiner, Werners normalen Wohnung. Auf dem Tisch stand der weichgekocht und klebende Reis. Das für Mara bewusst zäh schmeckende Fleisch, der in Apfelsaft getränkte Rotkohl, neben dem lauen Glühwein und der beinah heißen Schokolade aus der Packung ergaben das sogenannte Festmahl. Alles war so wie sie, Mara die Weihnachten zuvor, seit dem sinnlosen Tod ihrer, Mara und Rebekkas Mutter, erlebte, nachdem sie, ihre Mutter eines Tages und ganz plötzlich bewusstlos zusammenbrach.

Nur eines schien Mara zu diesem damals gegenwärtigen Zeitpunkt bewusst verändert. Es war diese unbewusst passive Abwesenheit Rebekkas in ihrer präsenten Anwesenheit. Sie, Rebekka schaute unbewusst missmutig Werner an und sie, Rebekka rührte bewusst teilnahmslos in ihrer beinah heißen Schokolade und Rebekka trank bewusst still den lauwarmen Glühwein, ohne ein von ihr gewohnt verachtendes Murren.

Sie, Rebekka schwieg bewusst und umso bewusster sie schwieg und um so bewusst stiller es für Mara wurde, umso unbewusst aufdringlicher wurde Werner und folglich für ihn, Werner unbewusst wiederkehrend und demnach für sie, Mara bewusst wiederholend stellte er, Werner fortwährend dieselben albernen Fragen.

Er bedrängte sie, Rebekka mit seinen unbewusst endlos wiederkehrenden trivialen

Erkundungen über ihre, Rebekkas Bewusstheit in ihrer normalen Arbeit und über ihr, Rebekkas bewusstes Befinden. Er fragte Sie, Rebekka weiter aus über ihre bis zur Bewusstlosigkeit reichenden normalen Aktivitäten an den Wochenenden und sie, Rebekka schwieg ausdauernd und sie, Rebekka gab ihm, Werner lediglich bewusst knappe und bewusst abschneidende Antworten.

Mara nahm bewusst diese von Werner unbewusst und aufdringlich gestellten Fragen wahr, doch blieb ihr, Mara ihre, Rebekkas bewusst gewählte Abwesenheit in ihrer, Rebekkas verschlossenen Art im vollen Umfang unbewusst und darum nicht sichtbar. Zudem schien er, Moritz für sie, Mara ungewöhnlich ruhig, was ihre, Maras Aufmerksamkeit bewusst vereinnahmte.

Während Moritz sich bewusst in ein Buch vertiefte und vom ganzen Geschehen unbewusst blieb, sprach er, Werner ununterbrochen über das bewusst gefeierte und sogenannte Fest und er, Werner sprach unbewusst wiederholend, wie fantastisch schön er es doch fände, alle bewusst um sich zu haben, und Werner erzählte unbewusst ausufernd von einer ihm bewusst verzerrten Vergangenheit und er schwelgte bewusst in den verfälschten Kindheitserinnerungen von ihnen, Mara und Rebekka.

Er, Werner berichtete bewusst wiederkehrend von ihrer, Maras und Rebekkas Mutter und in seinen unbewusst fortdauernden und bewusst gewählten Gesprächsthemen, nahm er einfach nicht bewusst wahr, dass niemand ihm zu hörte. Und er stellte nicht bewusst fest, dass alle mit ihren Gedanken unbewusst abwesend waren.

Ihm, Werner fehlte offensichtlich ein bewusstes Gespür für diese unbewussten Andeutungen und es blieb ihm darum fortwährend versagt, diese seltsame Verschwiegenheit bewusst wahrzunehmen. Seiner unbewusst- erahnten Unsicherheit zu überlisten, sprach er, Werner bewusst weiter und Werner stellte bewusst weiter lächerliche Fragen und unbewusst drehten sich diese bewusst gestellten Fragen, um dieselben wiederkehrenden bewusstlosen Themen.

***

Das Bewusstsein ist ein Wissen über Dinge, das bewusst wahrnimmt und das Bewusstsein von objektiven Dingen wird durch Ereignisse und Tatsachen wahrgenommen und das Bewusstsein von subjektiven Dingen kann wahrgenommen, in dem es Dinge reflektiert. Diese Dinge können konkrete Verhaltensweisen sein und ganz konkrete Handlungen darstellen. Bewusste Gedanken

218

manifestieren sich durch bewusstes Wahrnehmen und finden so ihren Ausdruck.

Das wahrgenommene Ich begreift sich somit nur, in dem es sich auf die normale Welt bezieht und indem das Ich begreift und indem das Ich sich auf die normale Welt bezieht, reflektiert es diese wahrgenommene Welt und das Ich reflektiert subjektiv die objektiven Dinge in der wahrgenommen normalen Welt.

Indem das Ich reflektiert, sieht das Ich diese scheinbare Wahrheit der objektiven Dinge aus dieser wahrgenommene normalen Welt bewusst. Als Konsequenz dieser reflektierten Wahrnehmung, möchte das Ich unbewusst dieser wahrgenommenen normalen Welt entfliehen, da das Ich die Bewusstlosigkeit der objektiven Dinge in der normalen Welt erkennt.

Ein daraus erkennendes Bewusstsein zu erreichen ist zeitlich stets begrenzt. Wegen dieser endenden Zeitlichkeit muss das Ich wiederkehrend reflektieren und wegen dieser endenden Zeitlichkeit muss das Ich fortwährend reflektieren, damit das erkennende Bewusstsein wieder bewusst erreicht werden kann, weshalb Zeit der Gewöhnung an die Bewusstlosigkeit der Welt zur Erreichung der erkennenden Bewusstheit unumgänglich ist.

Mara begann zu reflektieren. Sie reflektierte zu diesem damals gegenwärtigen Zeitpunkt noch unbewusst und ihre Gedanken kreisten noch um ein normales Leben und doch stellten diese ersten unbewussten Reflexionen zu diesem damals gegenwärtigen Augenblick eine erste Hinführung zum erkennenden Bewusstsein dar. Auch wenn die unbewussten Punkte zu diesem damals gegenwärtigen Augenblick noch zu klein und noch zu zart und noch zu unbewusst waren, als dass Mara diese kleinen und zarten und unbewussten Punkte hätte wahrnehmen können, so ließen sie doch bereits den gewissen Punkt erahnen.

In diesem Sinne blickte sie, Mara an diesem damals gegenwärtigen und sogenannten Fest hinüber zu ihm, Moritz und sie, Mara sah ihn, Moritz wiederkehrend an. In ihren unbewussten Reflexionen erkannte Mara die unbewusste Gereiztheit ihm, Moritz gegenüber nicht und in diesem unbewussten Starren bemerkte sie ihre unbewusste und ausdauernde Empörung gegen seine bewusst entschiedene Abwesenheit nicht. Mara sah nicht, wie sie bereits unbewusst vor seiner bewusst verschließenden Verschwiegenheit resigniert hatte.

Diese für mich bewusst wahrgenommenen Dinge, blieben Mara zu diesen damals gegenwärtigen Zeitpunkten noch unbewusst, denn sie, Mara verdrängte diese bewussten Tatsachen, denn wenn sie, Mara ihn, Moritz bewusst ansah, hielt sie krampfhaft an der alten Verliebtheit fest und verdrängte ausdauernd das Offensichtliche.

So liebte sie es, bewusst seinen pochenden Puls zu spüren und in diesem Sinne liebte sie es, bewusst auf seinen gleichmäßigen Atem beim Einschlafen zu lauschen und sie liebte es bewusst und verträumt in den Armen gehalten zu werden und aus diesen Sinnen heraus, nahm sie gar nicht bewusst wahr, dass sie nicht ihn, Moritz liebte, sondern lediglich sein trügerische Abbild bewunderte und der verschwommenen Idee einer wahren Liebe nacheilte. Dass was Mara an Moritz mochte, war das bewusste Genießen von notwendigen Körperlichkeiten, aber nicht seine bewusst und wahrhaft gelebte Person: der Mensch Moritz Wieland.

Mara versank unbewusst in ihre verliebten Gedanken und Mara gab sich völlig den herbeigesehnten Körperlichkeiten hin. Sie erinnerte sich zunehmend bewusster an die ersten Male, an denen sie, Mara und Moritz sich trafen. Und sie, Mara erinnerte sich bewusster an die schon zu diesem damals gegenwärtigen Zeitpunkt längst vergangenen Augenblicke. Das unbeschreiblich heftige Verlangen nach einem Wiedersehen von einst, sprangen ihr wieder in de Sinn und die Sehnsucht nach seinen sinnlichen Küssen und erlösenden Berührungen, drangen sie ganz in ihr Unbewusstes.

Mara verlor sich in Vergangenem und erinnerte sich bewusst, wie ungewöhnlich beschwingt sie an jenen schon damals längst passierten Wochen war und wie bewusst schön sie diese schon damals längst vergangene Zeit empfand und aus diesen bewusst hervorgerufenen Erinnerungen erwachte ein unbewusst illusorisches Gefühl der Verliebtheit, welches ähnlich jenen bewusst verliebten Gefühlen aus ihren, Maras und Moritz Anfängen glich und dieses bewusst herbeigerufene schwärmende Gefühl stieg erneut dirigierend in ihr auf.

Zu jenem Zeitpunkt, in welchem sich Mara bewusst schon längst unbewusst vergangenen und verliebt-schmachtenden Gefühle hingab, blieb Moritz bewusst still und bewusst teilnahmslos und sie klammerte sich unbewusst an ihre resignierende Versunkenheit. Mara war so sehr in den verzaubernden Erinnerungen verloren, in denen sie, Mara und Moritz sich die ersten Male bewusst trafen, dass sie, Mara in diesem Sinne ganz bewusst zwei entrückende Situationen aus ihrer Erinnerung hervorrief, in denen er, Moritz ihr, Mara ganz bewusst seine Liebe gestand.

Mara griff unbewusst zwanghaft nach diesen schon längst vergangenen Augenblicken und Mara klammerte sich krampfhaft unbewusst an die bewusst schon längst vergangenen Gefühle, wie ein sterbend Durstender nach belebendem Wasser und sie, Mara verliebte sich in diesem Sinne neu. Nur er, Moritz ahnte nichts bewusst und er ahnte auch nichts unbewusst von diesen bewusst wiedererweckenden Gefühls- und Liebesregungen.

In diesen bewusst neu verliebten Sinnen sah sie Moritz entrückt an und sie sah, wie gedankenverloren sein Blick starr auf dem Buch haftete und er mit der linken Hand seinen Kopf stützte. Mara beobachtete, wie seine tiefbraunen Augen bewusst den Worten auf der Buchseite folgten und sie sah, wie er sich ganz zauberhaft und unbewusst in die Geschichte vertiefte.

Zu diesem damals gegenwärtigen Augenblick war sich Mara absolut sicher, so wie sie es mir berichtete, dass „er es ist!", und als hätte er, Moritz unbewusst diesen bewusst neu entrückenden Zustand Maras erkannt, küsste er sie sanft auf die Stirn, was er bis zu diesem damals gegenwärtigen Zeitpunkt noch nie getan hatte. Und als hätte er, Moritz unbewusst diesen bewusst neu verliebten Sinn Maras erraten, lächelte er sie bewusst an, was Mara für ein absolutes Zeichen hielt. Dieses Geschehen brachte sie schlussendlich dazu, weiter bewusst nach diesen verliebten Dingen zu trachten, und ihre hoffnungsfrohen Gedanken bewusst an eine gemeinsame und glanzvolle Zukunft zu hängen.

Sie, Mara ahnte zu diesem damals gegenwärtigen und sogenannten Fest nicht, dass sie kurz davor stand, den gewissen Punkt zu erreichen.

***

Nach einer Stunde bewusst höflichen Verweilen verabschiedete sich Rebekka bewusst rasch und Mara und Moritz dieser bewusst eiligen Verabschiedung folgend, verließen ebenso den sogenannten Heiligen Abend und gingen zutiefst ineinander verschlungen in die normale Bar, in der er, Moritz für gewöhnlich arbeitete.

Als sie, Mara und Moritz offensichtlich beglückt die normale Bar betraten, sah er, Moritz gleich ihn, Chris, und nachdem er, Moritz ihn, Chris erblickte, begrüßte er, Moritz ihn, Tom, der neben ihn, Chris lässig an der normalen Theke hang. Mara setzte sich bewusst stolz an das schmale Holzende, denn sie war sich bewusst, das dort Moritz am liebsten saß, wenn er, Moritz nicht in der normalen Bar arbeitete, sondern wenn er,

Moritz bewusst seine freie Zeit dort genoss. Während er, Moritz auf die Toilette ging, gab er ihr, Mara erneut einen sanften Kuss auf die Stirn und lächelte bewusst liebevoll.

Mara bestellte sich gemäß ihrer Gewohnheit einen würzigen Wein und Moritz bestellte sich gemäß seiner Gewohnheit ein bitteres Bier. Jenny, die an diesem damals gegenwärtigen Abend den gewöhnlichen Dienst in der normalen Bar hatte, schleppte währenddessen einen Kasten Bier aus dem Keller hoch.

Der Wein entfaltete seine Wirkung, denn er vernebelte Maras Bewusstsein und der Wein der seine berauschende Wirkung tat, lähmte ihre bewussten Gedanken und die bewusste Suche nach oberflächlichen Themen zum gewöhnlichen Gespräch versank. Gemäß ihrer Gewohnheit beobachtete sie, Mara wie sie, Jenny zitternd mit der rechten Hand unsicher eine Zigarette hielt, während sie, Jenny sich mit der anderen Hand gespielt lässig auf der Kante der Holztheke abstützte. Moritz und seine Freunde unterhielten sich bewusst über Bewusstlosigkeiten am Schlachtensee, als sie beim Schwimmen beinahe mit einem Boot voller Rentner zusammenstießen.

Mara entschied, nachdem sie bewusst längeres Gähnen unterdrückte und den würzigen Wein leerte in die unnormale Wohnung zurückzukehren, in der sie, Mara mit ihm, Moritz lebte. Moritz gab ihr, Mara entgegen seiner Gewohnheit erneut einen liebevollen Kuss auf die Stirn und er Moritz lächelte sie, Mara erneut liebevoll an, als sie, Mara verzückt von diesen Begebenheiten die normale Bar verließ.

Auf ihrem Nachhauseweg verlor sich Mara wiederholend in bewusst hervorgerufene Träumereien von ihm, Moritz und diese bewusst hervorgerufenen und bewusstlosen Träumereien handelten nicht von dem Moritz der damals gegenwärtigen Gegenwart, sondern von dem Moritz aus ihren ersten bewusst erlebten Treffen vor einigen Jahren und diesen Moritz projizierte sie, Mara fantasiereich in eine beglückende Zukunft, ohne den gegenwärtigen und tatsächlichen Moritz zu berücksichtigten. Mara erträumte sich endlose Glücksmomente in die Zukunft von ihnen, Mara und Moritz, aus der Vergangenheit.

Als Mara an diesem damals gegenwärtigen Abend in ihrer unnormalen Wohnung eintraf, war sie bewusst auf das Äußerste glücklich, denn sie war absolut zufrieden über den Verlauf des Tages und sie war bewusst erfreut über die Ereignisse des Abends. Auf wunderbare Weise war sie erstaunt über den Verlauf des gewöhnlichen

Weihnachtsessens bei ihrem Vater und sie war bewusst vergnügt über den Besuch in der normalen Bar, ohne aus diesem bewussten Glück die ihr unbewussten, doch offensichtlich realistischen Gegebenheiten zu erkennen.

Weder Maras Vater hatte ihr an diesem gegenwärtigen Abend bewusst eine ehrlich und aufmerksame Frage gestellt, noch hatte Moritz sie an diesem damals gegenwärtigen Abends bewusst gefragt, ob sie, Mara mit ihm, Moritz einheitlich in die unnormale Bar hätte gehen wollen oder Rebekka hatte sich in irgendeiner Weise für sie, Mara bewusst interessiert. Doch das alles vergaß sie und wog sich stattdessen in bewusstlose Träumereien.

Von diesen illusorischen Sinnen ergriffen, schaltete sie einen gewöhnlichen Stream ein, der zu diesem damals gegenwärtigen Moment Beethovens Neunte zum Besten gab und sie lauschte bewusst und im Sinne ihres neu verliebten Bewusstseins der betörenden Musik aufmerksam zu und begann zu notieren:

Sonntag, 24. Dezember.

Noch niemals erschien mir Beethovens Neunte so klar wie heute. Kaum verspürte ich diesen Gegensatz der weichen, belebenden Töne mit den harten, kraftvollen

Klängen, das Schlagen der Trommeln und das leichte Streichen der Geigen, so wie heute. Einen leichten Schauer empfinde ich.

Die Musik steigert sich, die Töne werden dichter, der Rhythmus schneller und mein Herz bebt diesem Takt nach.

Mit der Hand die Melodie bewusst nachbewegend und den Kopf unbewusst zur Musik schwingend, verlor sich Maras bewusste Sprache und sie fand keinen passenden Ausdruck mehr, um ihr momentan bewusst erlebtes Glück zu beschreiben. In einem unbewussten Zustand der Entrückung legte sie sich auf ihr normales Bett und begann umgehend in Madame Bovary von Gustav Flaubert zu lesen.

Maras Denken war zu diesem damals gegenwärtigen Zeitpunkt nicht mehr bewusst, sie schwebte gar in einem unbewussten Zustand, da ihr Denken sich in ein solch emotionales Wahrnehmen wandelte, das es sich von allem Rationalen löste und dem Bewussten entzog. In ihren Gedanken lebte sie zu diesem damals gegenwärtigen Zeitpunkt unbewusst und sie lebte affektgesteuert. So war der letztauslösende bewusste Effekt die unbewussten Stirnküsse Moritz's, die sie mehr und mehr in ein bewusst verträumtes und unbewusstes Zukunftsideal zog.

Ihre, zu dieser damals gegenwärtigen Zeit bewussten Gedanken verdrängten ihr Bewusstsein schubartig und ihre zu diesem damals gegenwärtigen Augenblick bewussten Gedanken verdrängten das wahrnehmende Bewusstsein von objektiven Dingen fortlaufend, denn ihre Gedanken waren nun vor-reflexiv und ihre Gedanken waren die Wahl von bewusstlosen Träumereien, welche lediglich den Trieb nach Aufmerksamkeit stillte.

***

Das Unbewusste ist in seinem Sinne affektgesteuert und diesen Sinnen entsprechend, ist das Unbewusste ein triebhaftes Vorgehen, da es gedankenverloren und ganz und gar bedürfnisorientiert agiert.

Das Unbedachte besteht meist aus verdrängten Dingen und das Unbewusste besteht wiederkehrend aus vor-reflexiven Dingen, die noch gar nicht bewusst sind und das Unbedachte besteht fortbestehend aus emotionalen Dingen, die leicht brodeln unter der Oberfläche warten, bis sie bewusst hinausgetriggert werden.

Das Unbewusste inszeniert die makabere Rolle, in die ein normales Leben hinein gepresst wurde und das Unbedachte ist die lächerliche Urwahl, die für ein normales Leben getroffen wird und erst durch eine stabile Bewusstwerdung dieser individuell hineingepressten Rolle kann sich das Ich befreien und eine entscheidende Wahl treffen: die eines bewussten Lebens.

Diese notwendige Bewusstwerdung sind Übergange von Punkten und diese unumstößliche Bewusstwerdung sind Ahnungen von Punkten eines bewussten Lebens und folglich sind diese Bewusstwerdungen existenzielle Umformungen hin zum gewissen Punkt, um so den absoluten Bezug zur normalen Welt zu überwinden und die eigens wahrhaftige Rolle des höheren Ichs im ungewöhnlichen Leben zu erleben.

Mara blieb zu diesem damals gegenwärtigen Augenblick noch auf scheußliche Weise und in einer Art bewusstloser Tirade von verwirrenden Liebessehnsüchten nach ihm, Moritz gefangen.

Sie hatte etwa eine Stunde bewusst in Madame Bovary gelesen, als er, Moritz aus der normalen Bar in die unnormale Wohnung zurückkam und sie las weiter vertieft in Madame Bovary, nachdem er, Moritz zurückgekommen ist.

Moritz stieg bewusst zaghaft in ihr gemeinsames normales Bett und er, Moritz hatte ihr, Mara bewusst dabei zu gesehen wie sie, Mara ganz bewusst in Madame Bovary las, bis sein Handy piepte.

„Wer schreibt dir denn jetzt noch?", hatte Mara zu diesem damals gegenwärtigen Augenblick gedankenverloren und unbewusst gefragt.

„Eine Arbeitskollegin", gab Moritz bewusst auf diese unbewusste Frage zu.

Im Sinne ihres neu erwachten und verträumtem Sein und im Sinne Maras neu erweckten Liebesbewusstsein, machte sie unbewusst, da reflexartig einen Scherz und murmelte „Du bist wohl verliebt in diese Arbeitskollegin?"

Und Moritz blickte sie starr an und Moritz sah sie bewusst forschend an und Moritz antwortete: „Ja."

Mara lächelte bewusst zurück und sie nickte für einen winzigen Moment, doch dann sah sie den Ernst in seinem Blick und wurde zunehmend irritierter.

„Ja. Ja", murmelte sie und Mara sah Moritz an und Moritz sah Mara an und Moritz sah Mara bewusst lange und eindringlich an und er sah sie s o bewusst an, dass Mara zu begreifen schien, denn dieser bewusstlose Scherz enthüllte ein b ewusstes Sein.

„Gib mir das Handy", sagte sie hastig und ihre Worte schienen sich zu überschlagen.

Ungläubig las sie die erschütternde Nachricht von Jenny: „Ich habe heute Nacht von dir geträumt, wie du mich an dich ziehst und mich küsst. Ich habe so etwas noch nie empfunden, ich kann mich nicht dagegen wehren, denn ich kann nur noch an dich denken. Du musst mit Mara darüber reden. Hat sie denn noch nichts gemerkt?"

Und sie, Mara erschrak zutiefst darüber, ihren eigenen Namen dort zu lesen, und Mara erblickte bewusst auf das Datum: 24. Dezember und Mara sah bewusst auf die Uhrzeit: 23:48 Uhr und Mara erkannte, dass diese sie niederreißende Nachricht bewusst gesendet wurde.

Von diesem damals gegenwärtigen Zeitpunkt an, verlor Mara ihre bewusst steuerbaren Handlungsmöglichkeiten und ab dieser damals gegenwärtigen Zeit versanken Maras bewusst steuerbaren Reaktionen ins Bewusstlose und eine unbewusst empörende Welle aus triebhaften Emotionen brach über sie her.

Dieses schutzlose Zusammenbrechen ließ sie, Mara in ein bewusstloses Reagieren verfallen und von diesen unbewussten Sinnen erfasst, scherte

Mara affektgetrieben und ruckartig mit den Füßen aus und trat mehrere Male kräftig auf Moritz ein.

Jeder Tritt traf ihn so heftig, da mit jedem Tritt eine bewusstlos treibende Wut in ihr, Mara erwachte und bei jedem dieser ausholenden Tritte entfaltete sich der einst unbewusste Zorn, den sie nur durch bewusst fauchende Schreie bändigen konnte.

Mara schrie Moritz halb bewusstlos an und Mara schrie unbewusst ins Nichts und sie schrie, ohne bewusst darüber nachzudenken, was sie zu diesem damals gegenwärtigen Augenblick tat.

Ihre zuvor angefertigte bewusstlose Welt aus illusorischen Träumereien und ihr zuvor hervorgerufenes und frisch verliebtes Bewusstsein zerbrachen sich in bewusstlose und sie fesselnde Emotionen und Mara war diesen bewusstlosen und animalischen Gefühlen willenlos ausgeliefert und sie konnte diese bewusstlos kettenden Gefühle nicht länger bewusst steuern und sie konnte diese alles vernebelnde und zerrende Wut nicht greifen und Mara wusste nicht wohin mit diesem bestialischen Zorn, denn das Offensichtlichste war für Mara nicht bewusst möglich.

Moritz blieb bewusst ruhig auf dem normalen Bett sitzen und Moritz beobachtete sie, Mara bewusst, während er still auf dem normalen

Bett saß. Mara schrie erschüttert ohne bewusste Gedanken „nun sag doch was!".

Doch er, Moritz blieb bewusst still und Moritz betrachtete sie, Mara bewusst, da er, Moritz sich bewusst gemacht hatte, dass alles war er zu diesem damals gegenwärtigen Zeitpunkt bewusst sagte, Mara durch ihre ausbrechende Bewusstlosigkeit falsch verstünde und somit blieb Moritz bewusst schweigsam und somit starrte er, Moritz sie, Mara bewusst durchdringend an, was Mara in eine noch größere bewusstlos stürzende Verzweiflung trieb, die sie nur bewusst durch emotionsgeladene Schreie und bittersüße Tränen ertragen konnte.

„Wie lange läuft das schon?", schrie Mara halb bewusstlos und Moritz schwieg bewusst weiter.

Er betrachtete sie nun bewusst neutral und er, Moritz blickte ihr, Mara bewusst emotionslos entgegen und Mara, schier ohnmächtig über diesen bewusst gewählt emotionslosen Ausdruck in seinen, Moritz Augen und über sein bewusst auferlegtes Schweigen, nahm unbewusst, da äußerst triebhaft ein Kissen und sie, Mara schlug es empörend fortwährend und halb bewusstlos und schwunghaft wiederkehrend auf seinen, Moritz Kopf ein.

„Wie lange schon Arschloch?", schrie Mara halb bewusstlos, während sie sich sprunghaft auf das normale Bett stellte und fortwährend und aus voller Inbrunst mit dem Kissen, ohne Bewusstsein und voller Empörung auf seinen, Moritz Kopf einschlug. Während sie, Mara rasend vor Wut und wiederkehrend und immer und immer wieder auf seinen, Moritz Kopf einschlug, schrie sie: „Wie lange schon Arschloch? Hä? Wie lange? Antworte mir verdammt."

„Sechs Monate", sagte er bewusst unbeteiligt, während er, Moritz seufzend aufstand und bewusst begann seine Tasche mit dem Nötigsten zu packen.

„Wo willst du hin?", sprang Mara ihm hinterher.

„Es ist besser, wenn ich geh. Bleib du hier, ich gehe.", antwortete er, ohne seinen Blick zu heben.

„Du gehst? Du sagst mir so was und du gehst? Aus dem Nichts kommst du hier her und sagst mir so was und dann willst du gehen?", hielt Mara empört dagegen.

„ Nein! Ich werde gehen, ich werde dich verlassen, ich gehe!", kreischte sie halb triumphierend, sprang bewusst stampfend vom normalen Bett herab und schnappte sich umgehend eine Tasche von der Kommode.

„Aber wo willst du denn hin? Bleib hier, ich habe zu gehen", wand Moritz mit gesenktem

Blick ein, während er seinen Kram nahm und die Tür hinter sich schloss.

Als Mara ihn bewusst in die Augen schaute, als er ging und nachdem Moritz bewusst leise die Haustür hinter sich schloss, bekam Mara keine Luft mehr und sie hörte noch bewusst seine schlürfenden Schritte im Treppenhaus und sie bekam keine Luft mehr und Mara heulte entsetzlich und sie begann ruckartig zu hyperventilieren und sie flüsterte entmutigt: „Hilfe! Wo soll ich nur hin?"

Mara fühlte sich jämmerlich und ihr wurde nicht bewusst, wen sie hätte anrufen können. Diesem Bewusstsein entspringend, sah sie sich zukünftig bewusstlos in dieser unnormalen Wohnung verkümmern und aus diesem Bewusstsein heraus, sah sie künftig kein normales Leben, das freudestrahlend kam oder interessiert nach ihr schaute.

Sie sah sich bewusstlos und miserables einsam ein normales Leben führen, wodurch ihre Hände stark zu zittern begannen und ihre Beine das haltende Gefühl verloren und sie bekam keine Luft mehr.

Nachdem Mara sich in die unnormale Küche schleppte, konnte sie nicht länger bewusst aufrecht stehen und sie klammerte sich gebückt an den normalen Stuhl in der unnormalen Küche und begann heftig und qualvoll zu heulen. Sie schluchzte kummervoll und sie atmete unbewusst stoßartig und sie atmete bewusst tief ein, doch ihre Kehle schien verschnürt und sie bekam keine Luft mehr.

Mara dachte bewusst nur an das Atmen und Mara dachte bewusst über das Einatmen nach und Mara dachte bewusst über das Ausatmen nach, während sie sich zu diesem damals gegenwärtigen Zeitpunkt leidvoll gebückt auf die Sitzfläche eines normalen Küchenstuhles stützte.

Nach einigen bewussten Augenblicken, nachdem sie sich bewusst auf das Atmen konzentrierte, schossen ihr erneut und ganz schlagartig Vorstellungen über ihn, Moritz und sie, Jenny in den Sinn. Diese Gedanken zerrten sie in eine noch nie gefühlte Missmut und dieser ohnmächtig kettende Zorn, verstärke das Zittern ihres Körpers und sie bekam keine Luft mehr.

Die nicht bewusst lenkbaren Gefühle waren so stark und diese unbeherrschbaren Emotionen waren so mächtig und zerrten so schmerzlich bis ins Bewusstlose, dass sie, Mara diesen erbarmungslosen

Druck zum damals gegenwärtigen Zeitpunkt nicht länger bewusst ertragen konnte.

Der bewusstlos erlebte Zustand, von welchem Mara vollends ergriffen wurde, war das offene Tor zu ihrem Unterbewusstsein. All die einst versunkenen Gefühle brachen stromartig aus ihr heraus. Sie suchte nach einer scharfen Klinge, um diesen Dammbruch bewältigen zu können. Mara zitterte unkontrollierbar am ganzen Körper und wankte ins Badezimmer.

Ohne bewussten Sinn ritze sie mit der rechten Hand zunächst kleine und dünne Streifen in ihre Oberschenkel. Mara begann bewusst die verheilten Narben mit kleinen und dünnen Einstichen zu öffnen und Mara begann die Klinge bewusst tiefer in ihre Haut zu stechen und sie, Mara spürte, wie sich diese fast bis zur Bewusstlosigkeit treibenden Gefühle wieder legten und mit dem körperlichen Schmerz tauschten.

Sie nahm die Klinge und ritze tiefer in ihre Oberschenkel und sie ritze fortwährend schwungvoller die Klinge in ihre Oberschenkel und diesem fortwährenden Ritzen entsprechend, ließ das gedemütigte Beben ihrer Hände nach und das durchströmende Zittern wurde mehr und mehr eingedämmt und sie, Mara fühlte sich zunehmend erschöpft und sie, Mara fühlte sich zunehmend beruhigt und Mara saß gelähmt da und schluchzte entsetzlich.

Die gesamte damals gegenwärtige Nacht lag Mara wach in ihrem normalen Bett und betrachtete bewusst den Baum, der direkt vor ihrem Fenster stand und Mara lag die ganze Nacht wach und versuchte bewusst nur den Baum zu beobachten, der sich mit dem Wind wog. Immer wenn die wiederkehrenden Gefühle des Verlustes sie in eine zerrende Bewusstlosigkeit zwangen, ritzte sie die Klinge schwungvoll über ihre Oberschenkel.

Und immer wenn die unerwünschten Gefühle des Verlustes sie erneut in eine unerträgliche Bewusstlosigkeit drängten, ritzte sie die Klinge tief in ihre Oberschenkel, und während sie das fließende Blut sah, wurde ihr abermals bewusst, dass sie noch am Leben war und während sie sanft die offenen Wunden mit Taschentüchern tupfte, konnte sie bewusst den Baum, der direkt vor ihrem Fenster stand, betrachten.

Erst am nächsten Nachmittag nickte Mara für zwei Stunden in einen tiefen und in einen bewusstlosen Schlaf. Als sie erwachte, dachte sie für einige winzige unbewusste Augenblicke „was für ein furchtbarer Traum".

Doch die erbarmungslose Welle der Erinnerung triggerten die Gefühle des Verlustes erneut und noch stärker als die Nacht zuvor. Mara konnte das alles nur ertragen, in dem sie sich von Neuem zu Ritzen begann. Und so ritze sie sich wiederkehrend und sie ritze sich ausholend und sie ritze sich fortwährend, bis die fesselnde Bewusstlosigkeit wieder bewusst verschwand und sie notierte n o c h am selben Tag:

Montag, 25. Dezember
Ich habe so viele Träume, kann aber nicht schlafen.

Die gesamte Woche der überraschenden Trennung, bis zum damals gegenwärtigen Silvester, verging für Mara äußerst schleppend und jeden kleinsten Augenblick erlebte sie so bewusst lähmend und jeden winzigen Augenblick erlebte sie so intensiv, dass sich die tickenden Sekunden und diese fortschreitenden Minuten und diese zögerlichen Stunden so bewusst anfühlten, als seien sie andauernde Jahre und nie enden wollende Jahrzehnte.

Mara verspürte keinen bewussten Hunger und Mara empfand keinen bewussten Durst und jede Minute sah sie bewusst auf die Uhr und fragte sich: „Wann kommt er nach Hause?"

Doch er, Moritz kam nicht und ihre, Maras bewusste Vorstellung er, Moritz sei jetzt zutiefst beglückt bei ihr, Jenny lösten wiederkehrend die zerschmetternden Gefühle aus und diese bewussten Vorstellungen lösten fortwährend die niederstechenden Gefühle aus, die sie, Mara nur durch bewusst massives Ritzen ertrug.

In ihrem normalen Bett sitzend und in ihrem normalen Bett liegend, schien Mara gelähmt und sie starrte wie besessen auf den Baum, der vor ihrem Fenster stand und sie blickte ausschließlich auf den Baum, der sich mit dem Wind wog.

Bei jedem erneut aufkommendem und bewusst durchlebten Gefühl des unerträglichen Verlust, nahm Mara schwungvoll die Klinge und ritzte sich wiederkehrend in ihre Oberschenkel, und während sie die blutenden Wunden tupfte, starrte sie auf den Baum, der vor ihrem Fenster stand.

Dieses bis zur Bewusstlosigkeit zerrende Unwohlsein war für Mara kaum erträglich und äußerten sich körperlich durch unbändiges Zittern und keuchender Atemnot.

Mara konnte nichts mehr bewusst oder rational steuern und sie, Mara konnte nichts mehr bewusst oder logisch entscheiden und sie fühlte sich bewusst klein und bewusst elend und zerrüttet und absolut erniedrigt.

Sie dachte bewusst nach und sie ließ bewusst den kummervollen Abend der für sie überraschenden Trennung ständig und wieder und wieder von Neuem Revue passieren.

Den Abend als er, Moritz ihr, Mara seine plötzliche und kompromisslose Entscheidung mitteilte und als sie, Mara unbewusst in diese düstertreibende Endlosschleife aus Vorwürfen und unbewusst in diese trostlos verworrene Spirale aus unsinnigen Verhandlungen fiel, sehnte sie, Mara sich krampfhaft bewusst danach, die Zeit zurückzudrehen. Dann hätte sie, Mara bewusster an dem scheußlichen Abend der für sie überraschenden Trennung reagieren können und sie, Mara hätte ihn, Moritz nicht so bewusst mit dem Kissen geschlagen und sie, Mara hätte bewusst besonnener reagiert und er, Moritz wäre daraufhin mit Sicherheit bewusst geblieben und ihm, Moritz hätte es bewusst leidgetan und so hätte er, Moritz nur bewusst sie, Mara geliebt und nicht sie, Jenny.

Zu diesem damals gegenwärtigen Augenblick konnte Mara durch ihr unbewusst emotionales Denken nicht erkennen, dass der Abend der für sie überraschenden Trennung nicht hätte anderes verlaufen können, auch wenn sie bewusst besonnener reagiert hätte oder ihn, Moritz nicht mit dem Kissen schlug. Die für Mara überraschende Trennung war lediglich für sie, Mara äußerst überraschend, während er, Moritz sich schon sechs Monate zuvor, bewusst damit auseinandersetzte.

Doch Mara sah diesen bewussten Prozess zu dieser damals gegenwärtigen Woche nicht und Mara gab sich unbewusst an allem die Schuld. „Warum hatte ich das nicht kommen sehen?", quälte sie sich tagelang.

Zerrissen und wiederkehrend und fortwährend fühlte sie sich bewusst erniedrigt und sie fühle sich bewusst blind und sie bestrafte sich mit Gedanken „ich bin so unempathisch" denn ihr, Mara wurde zuvor, vor dem Abend der für sie überraschenden Trennung, nicht bewusst, wie er, Moritz sich bewusst verändert hatte.

In diesem Sinne machte sie, Mara sich wiederkehrende Vorwürfe, da sie nicht bewusst wahrnahm wie er, Moritz sich in den vergangenen Monaten allmählich und bewusst distanzierte. Mara hatte das alles nicht bewusst erkannt. Moritz zog sich in den vergangenen Monaten bewusst zurück und sie, Mara machte sich bewusst Vorwürfe, da sie ihn, Moritz in seiner bewussten Distanzierung nicht bemerkte.

Sie dachte, sie sei in seiner bewussten Zurückgezogenheit eine gute und verständnisvolle Freundin gewesen, indem sie, Mara ihm, Moritz ganz bewusst die geforderte Freiheit gab, sich unaufhörlich zurückzuziehen und dazu schwieg.

Gemäß dieser bewusst wiederkehrenden Vorwürfe wurden ihr Ahnungen, die sie bereits eine geraume Zeit vor der damals gegenwärtigen Trennung hegte, bewusst, die sie, Mara aber aus der unbewussten Angst eines möglichen Zutreffens lange verdrängte und nicht wahrhaben wollte. So wurden ihr zunehmend längst vergangene Situationen gewahr, durch die sie nun endgültig begriff, dass er, Moritz sie, Mara tatsächlich sechs Monate lang bewusst betrog.

So wurde ihr bewusst, dass er, Moritz nicht bei ihm, David war, so wie er, Moritz sich ihr, Mara gegenüber stets bewusst äußerte, sondern das er, Moritz zu dieser Zeit bewusst bei ihr, Jenny gewesen sein musste. Wenn Moritz sich bewusst ihr, Mara gegenüber wiederholend kundtat, er, Moritz hätte noch ein Feierabendbier mit ihm, Chris oder mit ihm, Tom in der normalen Bar getrunken, war er, Moritz bewusst bei ihr, Jenny gewesen. Durch diese enthüllende Bewusstmachung und bewusstgemachten Situationen in denen er, Moritz sie, Mara bewusst anlog, entsprang in ihr, Mara ein wiederkehrender Zorn und dieser entfachte in ihr, Mara fortwährend eine bittere Wut.

244

Mara empörte sich zutiefst und durch diese enttäuschende Bewusstwerdung fühlte sich Mara zunehmend entrüstet und sie nahm die bewusst gegebenen Stirnküsse wahr, als bewusst erteilte Abschiedsküsse. Denn er, Moritz gab ihr, Mara an jenem Tag dreimal einen Stirnkuss und somit besiegelte er, Moritz für sie, Mara die unumstößliche Trennung.

Diese damals gegenwärtigen Augenblicke, in denen sie bewusst den bitteren Zorn auf Moritz spürte und an seine makaberen Stirnküsse dachte, wechselten mit bewussten Sehnsüchten und sie vermisste ihn schrecklich. Der verschlingende Kummer war so einnehmend und gewaltig, dass sie, Mara ihn lediglich bewusst dadurch ertrug, dass sie die Klinge ausholend und schier bewusstloswerdend, über ihre Oberschenkel schwang.

Die gesamte Woche von der überraschenden Trennung bis zum gegenwärtigen Silvester, wechselte fortwährend und wiederkehrend von solchen Phasen der elenden Wut in solche Phasen des sehnsüchtigen Kummers. Immer und immer wieder und immer und immerfort und fortwährend wiederkehrend, sah sie, Mara sich in diesem kläglichen Loch gefangen und sich in der Sucht nach seiner Aufmerksamkeit verloren.

Katharina, Maras normale Nachbarin aus der zweiten Etage des unnormalen Haus sah Moritz und Jenny in der normalen Bar bewusst zusammen verweilen und sich wiederkehrend unbewusst berühren, weshalb ihr, Katharina bewusst wurde, das etwas nicht stimmte.

Sie beschloss sich bewusst um sie, Mara zu kümmern und so machte sie, Katharina bewusst nahrhaftes Essen für Mara und so verbrachte Katharina bewusst die Abende mit ihr und lenkte sie bewusst von der ihr, Mara überraschenden Trennung ab. Sie sahen bewusst komische normale Filme und redeten bewusst über seichte Gesprächsthemen und mieden bewusst alles, was in irgendeiner Form mit Liebe zu tun haben könnte.

Katharina kümmerte sich in dieser damals gegenwärtigen Woche bewusst rührend um Mara und Katharina nahm Mara folglich bewusst in das normale Treiben der Stadt mit und Katharina hörte wiederkehrend Mara bewusst zu und Katharina nahm sie bewusst mit zu sich in ihre normale Wohnung in den zweiten Stock.

Mara half bewusst bei den normalen Vorbereitungen der damals gegenwärtigen Silvesterfeier. Sie bereitete mit Katharina bewusst das

Essen des damals gegenwärtigen Silvesters vor und konnte so schrittweise abgelenkt werden von ihren unbewusst strömenden Gefühlen des schmerzlichen Verlustes und durch Katharinas Geduld, konnte Mara wieder bewusst ein Lächeln aufbringen und Mara wurde sich zunehmend bewusster, dass das normale Leben weiter gehen musste.

***

Das Bewusstsein ist eine auf das Sein gerichtete Existenz. Erst dadurch, dass das einzelne normale Leben sich ein Bewusstsein schafft, erkennt es das Sein seiner Existenz und erst dadurch, dass das normale Leben seine Existenz erkannt hat und durch deren Bewusstwerdung erreicht es die Übergänge zum Werden. Es gelangt zum gewissen Punkt.

So kann es hinübertreten zum unnormalen Leben, zu einem individuellen Leben, fern ab der normalen Leben von der Stange. Das normale Leben hat kein Inneres, denn das normale Leben hat keine Geheimnisse, es ist ein von seinem Unterbewusstsein getriebenes Leben, das sich lediglich durch vergrabene Begierden befriedigt, während das unnormale Leben sich diese unbewussten Triebe bewusst macht und reflektiert und dadurch aus ihnen heraustritt. Denn es erkennt den triebhaften Drang nach Hunger und es weiß um die triebhaften Gefühle der Lust und es spürt die triebhaften Intensionen von Leid und Schmerz und versteht die konditionierten Reflexe aus längst vergangenen Tagen heraus. In dieser bewussten Wahrnehmung wird der gewisse Punkt erreicht.

Mara befand sich zu diesem damals gegenwärtigen Zeitpunkt schwankend zwischen dem Punkt des unerkannten und somit unbewussten normalen Lebens und dem Punkt des erkannten und bewussten unnormalen Lebens.

Ihr Bewusstsein befand sich im Werden und langsam oder gar allmählich betrat sie die Übergänge des erkennenden Seins, der zu dem später erreichten gewissen Punkt führte.

An diesem damals gegenwärtigen Silvester, eine Woche nach der für Mara überraschenden Trennung, befand Mara sich noch lähmend in den unbewussten Gefühlen des Verlustes, die nur kurze bewusste Momente eines erkennenden Bewusstsein zu ließen.

Auf der gegenwärtigen Silvesterfeier in der normalen Wohngemeinschaft im zweiten Stock des unnormalen Hauses, trank Mara bewusst trockenen Rotwein und Mara trank unbewusst zwanghaft viel und normale Leben betraten bewusst überschwänglich die Silvesterfeierlichkeiten und viele normale Leben betraten bewusst ausgelassen die damals gegenwärtige Feier und Mara fühlte sich, als könne sie diese normale Ansammlung von normalen Leben nicht bewusst wahrnehmen und Mara war es, als sei zwischen ihr und den anwesenden normalen Leben eine unbewusst starre Mauer oder eine unbewusst flackernde Leinwand und sie, Mara befinde sich in einem bizarren Film, den sie nicht bewusst oder direkt steuern konnte.

Sie fühlte sich gefangen in ihren unbewussten Gefühlen des peinigenden Verlustes, denn diese nahmen ganz und gar Besitz von ihr ein und Mara versuchte diese unbewussten und trostlosen Gefühle nicht offen nach außen zu tragen, damit diese schwermütige Traurigkeit den anderen normalen Leben bewusst verborgen blieb. Derartig ergriffen erbaute Mara sich unbewusst diese bewusst trennende Leinwand auf und errichtete so unbewusst eine bewusst abkapselnde Mauer um sich herum.

Sie saß den gesamten Abend bewusst in einer normalen Ecke der normalen Küche und unterhielt sich unbewusst verkrampft und mit höflich-gespielter Aufmerksamkeit mit anderen normalen Leben und Mara konnte keinem dieser trivialen Gespräche folgen oder bewusst zu hören, da ihr schwerer Kopf so unendlich gedrückt mit unbewusst melancholischen Gefühlen gepackt war.

Mara war nicht im Stande einem normalen Leben bewusst zuzuhören, weshalb sie lediglich makaber nickte und bloß freundlich schien und hin und wieder in den oberflächlichen Gesprächen, denen sie nicht bewusst folgte, sagte: „Ach ja?", oder „Echt!". Und sie lächelte ganz lächerlich zu den normalen Leben, denen sie nicht bewusst zu hörte und antwortete im Affekt „Das ist ja interessant!"

Nachdem es bereits eindringlich zwölf Uhr schlug und nachdem sich alle normalen Leben bewusst lachend und bewusst fröhlich überschwänglich in den Armen lagen und als sich alle bewusst auf ein neues und auf ein bewusst frohes Jahr hin beglückwünschten, sah sie, Mara sie, Ayna, wie sie, Ayna euphorisch auf sie, Mara zu sprang und sie, Ayna sie, Mara fest und herzlich umarmte.

Mara freute sich bewusst, Ayna wiederzusehen und gleichzeitig konnte sie ihr nicht bewusst folgen als sie, Ayna ausschweifend von sich erzählte und Mara nickte so geartet bewusst freundlich und Mara lächelte bewusst angestrengt und Mara sagte lediglich „Ach ja?", und Mara antwortete fortwährend „Echt!", und endete ihre Betrachtungen mit einem „Das ist ja interessant."

„Du bist nicht so gut drauf", erwiderte Ayna, nachdem ihr, Ayna bewusst geworden war, dass sie, Mara von irgendetwas Scheußlichem bedrückt war, doch im Sinne Aynas flatterhaftem Wesen, hatte sie kein besonderes Interesse daran bewusst nachzufragen, denn sie, Ayna verspürte zu dem damals gegenwärtigen Zeitpunkt, keine wirkliche Empathie bewusst zuzuhören.

Nachdem Mara bewusst fünfzehn schmälernde Male „Ach ja" und acht mindernde „Echt´s" antwortete, sagte Ayna „Hier" und reichte ihr verdeckt ein Stück Pappe.

„Das wird dich aufmuntern und vor allem, es wird dich ablenken", ermutigte Anya ihre Freundin.

Und Mara im Sinne ihrer unbewussten Gefühle, die eine desinteressierte Gleichgültigkeit allem Gegenüber zur Folge hatte, legte das Stück Pappe bewusst phlegmatisch auf die Zunge, so wie Ayna es ihr eingehend erklärte und ohne es sich bewusst gemacht zu haben, nahm Mara zu diesem damals gegenwärtigen Augenblick das erste Mal LSD und sie nahm diese bewusstseinserweiternde Droge das erste Mal, ohne sich darüber bewusst gewesen zu sein, was dieses Gemisch im Wesentlichen in ihrem Bewusstsein auslösen könnte.

Mara saß noch eine halbe Stunde in der Ecke der normalen Küche, nachdem sie bewusst das Stück Pappe auf ihrer Zunge zergehen ließ, bis sich die Wirkung des LSDs langsam entfaltete. Um ihren Kopf herum baute sich allmählich eine Art Glaskugel, die sie, Mara von der Außenwelt zu trennen schien.

Sie begann ihre Umgebung anders wahrzunehmen, sie schaute mit einer Art Froschaugen und nahm eine 360 Grad verdrehte Perspektive ein. Sie, Mara sah von diesem damals gegenwärtigen Augenblick an, ihre fratzenartige Umgebung bewusst aus diesen Augen und doch sah sie sich gleichwohl selbst bewusst hinter ihren Augen und Mara sah ihre maskierte Umgebung bewusst durch diese makabere Glaskugel hindurch und sie konnte sich selbst bewusst durch diese Glaskugel wahrnehmen.

Ich starrte sie an, zu diesem damals gegenwärtigen Moment und sie starrte mich an, in diesem damals gegenwärtigen Augenblick. Instinktiv wusste ich, dass Mara nun endgültig den gewissen Punkt erreichte. Doch Mara steuerte sich noch nicht bewusst und sie stand folglich unbewusst auf und setzte sich unbewusst wieder hin und so schritt sie fortwährend unbewusst durch den Raum und sie nahm all diese motorischen Sonderlichkeiten bewusst wahr, hinter dieser Glaskugel, als eine Art unbewusster Stummfilm.

Ihr Körper agierte unaufhörlich und ihr Körper reagierte unbewusst, als sei Mara eine andere Person und Mara beobachtete sich gleichzeitig selbst durch diese umschließende Glaskugel hindurch, auf wundersamerweise aus ihrem Kopf heraus und sie nahm ihr unbewusstes Handeln bewusst wahr, ohne jedoch bewusst eingreifen zu können.

So sah sie sich selbst durch diese sonderbare Glaskugel hindurch, wie durch einen zweiten Film im Film. Sie war von der Außenwelt schnitthaft getrennt und doch nahm sie an dieser Merkwürdigkeit bewusst teil und gleichzeitig konnte sie ihr Außen aus ihrem Inneren heraus nicht mehr bewusst lenken, da sich ihr Außen und ihr innen durch diese Glaskugel klar trennten.

Mara begann sich mit den normalen Leben ausgelassen zu unterhalten, die auf der damals gegenwärtigen Silvesterparty anwesend waren und so redete Mara bewusst angeregt und fröhlich und doch konnte sie zeitgleich nicht bewusst steuern, dass sie redete und sie konnte nicht bewusst wählen, was sie redete.

Sie, Mara war eine handlungsunfähige Zuschauerin ihrer selbst geworden. Die normalen Leben antworteten ihr stets nett und die normalen Leben antworteten ihr abermals höflich und Mara machte sich hinter der illusorischen Glaskugel bewusst, dass die normalen Leben lediglich nett und höflich antworteten, um sie, Mara trügerisch von sich bewusst zu überzeugen, um sie, Mara dann später bewusst wieder zu verlassen, nachdem Mara sich selbstverloren hingab.

Das Innere schrie unaufhörlich, um das Äußere zu erreichen, doch die umschließende Glaskugel die Maras Inneres und die Maras Äußeres entzweite, ließ keine stattfindende Kommunikation zwischen dem Inneren und dem Äußeren zu und Mara schrie lautlos von innen heraus und Mara sah sich selbst auf der damals gegenwärtigen Silvesterfeier mit anderen normalen Leben fröhlich unterhalten und ihr Inneres versuchte gleichsam ihr Äußeres zu warnen, da sich das Innere bewusst war, dass alle normalen Leben sie, Mara ganz scheußlich und grausam verlassen wollten, doch die entzweiende Glaskugel trennte die Kommunikation nachhaltig zwischen innen und Außen und die Glaskugel ließ folglich keine Interaktion zu zwischen innen und Außen und so schaute ich bewusst zu, wie Maras Äußeres unbewusst agierte.

Die gesamte LSD-Wirkung kehrte sich nach Innen und ließ Maras Bewusstsein ein Leben hinter der eigentlichen Existenz fristen. Sie, Mara entzweite sich in ein bewusstes Inneres und in ein unbewusstes Äußeres. Sie, Mara war in sich selbst gefangen und das nach außen Gerichtete, dass was andere wahrnahmen, konnte Mara nur noch aus dem Inneren heraus beobachten und nicht mehr bewusst steuern und in ihrem Inneren drehten sich ihre verworrenen Gedanken zu einer endlos zerrenden Spirale und sie konnte ihrem Außen nicht bewusst begreiflich machen, dass es noch ein bewusstes innen gab und sie konnte das Außen nicht bewusst steuern und sie beobachtete ihr Außen bewusst aus dieser sonderbaren Glaskugel heraus von innen. Die undurchdringbare Glaskuppel isolierte ihr Inneres von ihrem Äußeren und ließ keine Interaktion mehr zu.

In ihrem, Maras Inneren drehten sich kurios wiederkehrend Hunderte von Gedanken gleichzeitig und diese im Inneren bewusst kreisenden Gedanken schienen alle unendlich logisch und diese im Inneren bewusst genialen Gedanken verdrehten sich unaufhörlich zu einer unendlich logischen und alles entschlüsselnden Spirale und diese im Inneren bewussten Gedanken wurden zu einem unendlichen Mikrokosmos in allem und Mara sah aus ihrem Inneren heraus, bewusst die unbewusste normale Welt im Außen und Mara sah aus ihrem Inneren heraus, die bewusstlose normale Welt außen und so wollte Mara ihr törichtes Außen warnen, vor dieser närrischen Bewusstlosigkeit der normalen Welt.

Doch ihr Inneres erreichte ihr Äußeres fatalerweise nicht, und Mara begann ihr blindwandelndes Äußeres nicht länger zu ertragen und Mara wollte, dass die skurrile Glaskugel verschwinde und sie schrie lautlos bewusst, doch ihr Äußeres nahm diese unbewusst klagenden Schreie nicht wahr und so flehte Mara bewusst, doch ihr Äußeres hörte dieses unbewusst heftige Flehen nicht und so war Maras Inneres unbedingt gewillt ihr Äußeres zu warnen, vor dem makaberen Plan der normalen Leben dort draußen.

Und Mara erreichte ihr Äußeres nicht und so schien Mara zu verrücken, hinter dieser gepanzerten Glaskugel und sie blieb unfähig, bewusst ihr Äußeres zu steuern.

Erst als die Sonne am Horizont erschien, ließ die durchdringende Wirkung des LSD langsam und allmählich nach und Mara erlangte wieder bewusste Handlungsmöglichkeiten über ihr Selbst. Die sonderbare Glaskugel löste sich auf und Mara war es, als müsste sie bewusst tief Luft holen und Mara schien es, als wäre sie bewusst tagelang bewusstlos in einem Kerker eingesperrt und niemand hätte sie dort wahrgenommen, in ihren unbewussten Mauern.

Von dem damals gegenwärtigen Zeitpunkt an, als sie sich wieder bewusst selbst steuern konnte, trank sie, Mara Unmengen von Wein und versank so von neuem in eine verdrängende Bewusstlosigkeit. Im Grunde so, wie sie es Stunden zu vor auf anderer Ebene lebte.

Mara's Wert

Nach den bewusstseinsdehnenden Erlebnissen auf der damals gegenwärtigen Silvesterfeier sperrte sich Mara eine Woche lang auf das Äußerste verängstigt, in ihre unnormale Wohnung ein, in der sie mit ihm, Moritz zweieinhalb Jahre zusammengelebt hatte und es schien ihr, Mara in dieser lähmenden Woche, als müsse sie bewusst tief Luft holen und so, als sei ein beklemmender Knoten geplatzt, der ihr jahrelang unbewusst den befreienden Atem raubte. Und nun atmete sie, Mara langsam wieder bewusst ein und gelöst aus und befreit durch.

In diesen bewusst eingesperrten sieben Tagen traute sich Mara nicht auf die normale Straße, denn in dieser Woche hatte Mara bewusst lähmende Angst vor dem normalen Leben in der makaberen normalen Welt und vor dem absurden Irrtreiben auf der normalen Straße.

Seit den bewusstseinserweiternden Erfahrungen auf der damals gegenwärtigen Silvesterfeier begann sie, Mara die normalen Leben kritisch zu betrachten und sie, Mara traute diesen trostlosen Existenzen in der normalen Welt kein würdiges Schaffen mehr zu und das normale

Leben schien ihr, Mara zunehmend wertloser zu werden.

So vergrub sie sich eine ganze Woche lang nach der damals gegenwärtigen Feier in ihrer unnormalen Wohnung und folglich wertete sie die normalen Leben als sonderliche Ansammlung von sinnlos normalen Leben ab und strafend wertete sie ihr normales Leben als ein wertloses normales Leben und das gesamte normale Leben aller normalen Leben schien ihr vielfach wertlos geworden zu sein und das gesamte Fortbestehen der normalen Welt schien ihr überflüssig und wertfrei und so vergrub sie sich hinter den kalten tristen Wänden ihrer unnormalen Wohnung und verließ diese lediglich zum Einkaufen. Umgehend meldete sie sich an der Uni krank, den braven Besuch dort, wertete sie als absurd und alle weiteren Besuche wertete sie als ebenso unsinnig und zwanghafte Ablenkung.

Rebekka beobachtete einen ganzen Monat lang sie, Mara wertend, wie ihr normales Leben fortwährend wertloser erschien und Rebekka sah ihr, Mara wertend einen Monat lang genauestens zu, wie Mara ihr normales Leben in der normalen Welt fortwährend wertfreier und überdrüssiger erschien und so beschloss sie, Rebekka sie, Mara wegen dieser schwebenden Existenzentwertung eine geraume Zeit bei sich, Rebekka in ihre, Rebekkas normale Wohnung aufzunehmen.

Sie bemühte sich ihr, Mara den Wert, im Sinne Rebekkas, einer normalen Welt schmackhaft zu machen, damit sie, Mara den sinnlosen Wert, im Sinne Rebekkas, eines wertfreien normalen Lebens wieder entdecke.

Mara sah in diesen schwebenden Zuständen Moritz noch ein paar sinnlose Male und Mara schien Moritz fremd geworden zu sein und Moritz schien Mara ein fremderfasst normales Leben, denn sie, Mara erkannte ihn, Moritz kaum wieder, denn sein nun mehr parierendes Auftreten war ihr zuvor niemals aufgefallen.

Sie wertete es folglich trügerisch, dass sie zweieinhalb Jahre mit ihm, Moritz in einer unnormalen Wohnung als ein nach außen normal harmonisierendes Pärchen irgendwo in Neukölln zusammenlebten. Alles schien ihr so fremd und plötzlich fremd geartet und sie erkannte den Wert ihrer Existenz nicht mehr.

So zog sie, Mara letztendlich willenlos in die normale Wohnung nach Mitte bei ihr, Rebekka ein und dementsprechend beendete sie, in dem damals gegenwärtigen Sommer desinteressiert das normale Semester an der ihr wertfreierschienenden sinnlosen Universität und sie, Mara veränderte sich bewusst und zunehmend und sie, Mara veränderte fortwährend ihren Sinn auf den Wert des unnormalen Daseins.

Sie lebte nun vollkommen lautlos in einer normalen Wohnung und nach außen lebte sie wertvoll ein langweiliges normales und ablenkungsreiches Leben, das die absurden Stufen des Daseins durchschreiten, um weiter fortwährend fortzuschreiten, von einer bewusstlosen Normalität zu einer anderen wertfreien Gewöhnlichkeit. Doch im Inneren lebte Mara willfährig ein unnormales und ein versteckt wertvolles Leben und innerlich lebte sie bereits den Wert einer bewussten unnormalen Welt.

Mara erschuf eine abschließende Trennwand, zwischen ihrem verborgenem Inneren und zwischen ihrem zur schaugebrachten Äußeren. Denn sie, Mara erkannte den verflechtenden Wert eines ihr äußeren erschaffenen Ichs und sie, Mara wertete den wertvollen Gehalt des inneres Ichs vor der äußeren normalen Welt schützen zu müssen, als unumstößlich. Denn sie, Mara hatte eine latente Angst entwickelt, ihr zerbrechliches Inneres könnte durch trampelnde normale Leben im Außen verachtend und wertend verlassen werden.

Mara begann den kostbaren Wert ihres gebrochenen Inneren hervorzuheben und sie war beinahe besessen darauf, ihr Inneres zu schützen. So wertete sie, Mara folglich im Inneren alle ihr äußeren Gespräche mit normalen Leben als plakatives Grimassenspiel und sie, Mara wertete innerlich fortwährend alle die in der äußeren normalen Welt geschehenen Ereignisse als ekelhafte Überflüssigkeiten und so beschäftigte sie, Mara sich wertend mit der normalen Welt.

Die normalen Leben betrachtete sie, Mara abwertend als absurde Äußerlichkeiten und unnötige Kuriositäten und demgegenüber reflektierte sie, Mara wertend über die äußere normale Welt und verbarg folglich ihr abschätzendes Inneres hinter einem immerwährenden Lächeln.

In diesem Sinne begann Mara wertend über die normale Welt zu schreiben und eingehend wertend zu reflektieren, was ihr als wertvoll und was ihr, Mara als wertlos in der normalen und oft bewusstlos existierenden Welt erschien und folglich begann Mara wertend zu reflektieren, was sie als wertfrei in einem normalen Leben erachtete.

Sie, Mara war sich zu dieser damals gegenwärtigen Zeit noch nicht bewusst, was der Wert eines unnormalen Lebens für sie darstellen könnte und Mara war sich folglich, in diesen damals gegenwärtigen Momenten noch nicht ganz darüber im Klaren, wie sie den Wert einer unnormalen Welt für sich erkennen könne, denn Mara befand sich noch im Werden, da sie, Mara die ersten Punkte eines normalen Lebens erst hinter sich ließ.

Sie, Mara hatte den gewissen Punkt erst kürzlich erreicht und Sie, Mara befand sich zu dieser damals gegenwärtigen Zeit noch in einem wundervollen Übergang. Denn Sie, Mara bewegte sich in einem Fluss von den überflüssigen normalen Punkten eines resigniert normalen Lebens zu den großartigen unnormalen Punkten eines bewussten unnormalen Lebens und so schrieb Sie, Mara wertend in ihr Notizbuch:

Donnerstag, 17. Mai

Ich fühle mich wie ein eckiger, kantiger Stein, der überall aneckt und anstößt. Durch diese Zusammenpralle werde ich langsam abgeschliffen, ganz allmählich. Bei jeder neuen Kollision ein bisschen mehr, bis mein Stein ganz glatt geschliffen und der Welt nun angepasst scheint.

Vor dieser Endstation habe ich Angst.

Mittwoch 18. Juli

Ich komme in Verlegenheit, ich bin ja bemüht nach außen glücklich und offen an die Menschen heranzutreten, doch schon nach kürzester Zeit widern sie mich an und ich bin von ihrer Oberflächlichkeit, von ihrer Blindheit, von ihrer Meinung oder ganz und gar von ihrem gesamten Wesen restlos angeekelt. Sie meinen, sie hätten die Weisheit pur erkannt und sie denken sie hätten nun die Welt verstanden und den Sinn des Seins entschlüsselt und sie treten als selbst ernannte Missionare auf, um der Welt zu erklären, wie sie sie die letzten vier Tage verstanden und sie versuchen, diese „Weitsicht" anderen aufzudrängen.

Samstag 25. August

Es ist gerade wunderschön. Ich liege in meinem Bett, den Laptop auf den Schoß. Draußen bahnt sich ein Gewitter an, ab und zu grollt ein heftiger Donner irgendwo in der nahegelegenen Gegend. Es dröhnt in meinen Wänden.

Doch der Regen lässt noch auf sich warten, auch sind keine blitzenden Lichter vor meinem Fenster zu sehen. Neben mir stehen ein Glas und eine Flasche Wein, die ich, seit einer Stunde kontinuierlich leere.

Es ist drei Uhr nachmittags, den ganzen Tag schon verharre ich in dieser Position.
Ich bin frei. Ich genieße mich. Ich bin angetrunken.

Der Wecker surrte um halb neun an diesem damals gegenwärtigen Sonntag im September, acht Monate, nachdem Mara ihre Umwelt kritisch zu bewerten begann und Rebekka lag lang gestreckt in ihrem normalen Bett und rieb sich zerknirscht die Augen.

Nachdem sie, Rebekka aufstand und die normalen Vorhänge ihres normalen Fensters in ihrem normalen Schlafzimmer schwungvoll zurückzog, sah sie, Rebekka den leichten Nieselregen, der den Innenhof in ein spiegelndes Geflecht verwandelte.

Die Stadt und die Nachbarschaft schienen noch friedlich zu ruhen und den schlafenden Kiez wertete sie, Rebekka als ruhige, dem Chaos verebbende Stätte und den leichten Nieselregen wertete sie, Rebekka als wohltuend, ganz im Sinne ihrer neuen Meditationskurse, die sie, Rebekka seit einiger Zeit belegte. So schien ihr der Morgen in eine sanfte und undurchdringbare Stille eingehüllt.

Rebekka ging beseelt in die Küche, stellte die Heizung auf zwei und machte sich einen Ingwer-Melisse-Tee, so wie sie es ihre neue Lebensphilosophie lehrte und als sie, Rebekka versunken im Genuss der betäubenden Frische des Taus, die gewöhnliche Wochenzeitung aus dem normalen Briefkasten holte, kochte das Wasser bereits sprudelnd und Rebekka wertete diesen Morgen als einen für sie, Rebekka perfekten Morgen.

Sie schöpfte den Wert dieses für sie gänzlich makellosen Sein, indem sie sich vergnügt an den eckigen normalen Tisch in ihrer normalen Küche setze und ihren normalen Ingwer-Melisse-Tee trank. Mit der dick beschmierten normalen Scheibe Marmeladenbrot, begann sie, Rebekka in der gewöhnlichen Wochenzeitung zu lesen, während sie, Mara noch fest schlief.

Doch lange konnte sie diesen, ihren eigens perfekt bewerteten Morgen nicht selbstvergessen in Glückseligkeit genießen, denn nachdem sie sich mit ihrem normalen Tee an den normal eckigen Tisch in ihrer normalen Küche setzte und nachdem sie, Rebekka zwei Bisse von der mit Marmelade übergequollenen Scheibe Toast nahm, klingelte das Telefon und ihr, Rebekka schien es, als läutete dieses Klingeln lauter als gewöhnlich und sie wertete dieses permanente Piepen hektischer als gewöhnlich und aus dieser Wertung heraus, beschloss sie, Rebekka das Telefonklingeln schlicht zu ignorieren.

Umgehend nachdem der Anrufer aufgelegt hatte, klingelte es erneut und sie, Rebekka wertete dieses erneute Klingeln als noch intensiver und massiv dringender und sie, Rebekka wertete dieses penetrante Läuten als vielfach lauter als gewöhnlich und ihrer Wertung entsprechend war dieses Piepen auf das Äußerste störend. Also beschloss sie, Rebekka widerwillig dem permanenten Klingeln nachzugeben und sie, Rebekka erkannte gleichsam die quirlige und aufgeregte Stimme ihrer Tante, Werners Schwester, Sabrina:

„Na endlich, dass man euch mal erreicht. Rebekka! Du kannst dir das nicht vorstellen. Ich weiß, ich hätte es dir viel früher erzählen sollen, doch geht es mich ja eigentlich gar nichts an", überschlug sich die Stimme Sabrinas beinah.

„Ja, was denn nur?", erkundigte sich Rebekka leicht gereizt, den zweihundert Euro Meditationskurspreis zur balancierten inneren Ruhe zum Trotz.

Ihre Tante antwortete aufgeregt: „Na wegen des Hauses in Neuruppin. Die Gemeinde kann deinen Vater nicht ausfindig machen oder er reagiert nicht oder weiß der Geier was. Jedenfalls soll es verkauft werden, es hat sich jemand gefunden der das Haus und das Grundstück wieder bewirtschaften und"

„Was? Und jetzt? Hast du schon mal mit Papa darüber gesprochen?", unterbrach Rebekka ihre Tante.

„Natürlich, aber er blockt völlig ab. Er kenne kein Grundstück. Geht ihn nichts an. Ich wette aber mit dir, dass der irgendwas im Schilde führt", nun bekam die Stimme Sabrinas wieder ihren gewohnt verächtlichen Ton.

Rebekka dachte abschätzig über diese für sie wertvollen Aussagen ihrer Tante nach.

„Er wird ja wahrscheinlich nicht auf einen Haufen Geld verzichten, auch wenn es im Wert gesunken ist", spekulierte Sabrina weiter.

„Er hat sicher etwas eingefädelt", sagte sie und wurde nun etwas fordernder: „Rebekka, ich beschwöre dich. Das Geld gehört nicht ihm, das Geld gehört dir und Mara und ein kleiner Teil auch mir."

Nun, mit einem leicht weinerlichen Unterton seufzte Sarina: „Er hatte mich ja nie ausbezahlt, als er in unser Elternhaus gezogen war. Wir müssen zum Anwalt. Er hat kein Recht, sich den Verkauf unter den Nagel zu reißen."

„Und was wird der Anwalt tun?", erkundigte sich Rebekka.

„Na ganz einfach. Forderungen stellen, dass der jahrelang fehlende Unterhalt an euch gezahlt wird und mir einen kleinen Anteil daraus geben, für die Auszahlung meines Elternhauses, du verstehst. Das ist fair. Das muss er einsehen. Es gibt keinen anderen Ausweg. Er hat sich nie gekümmert, jetzt muss er endlich einmal zugeben, dass er sich nicht sein ganzes Leben lang davon schleichen kann", versuchte Sabrina zu überzeugen.

Rebekka kniff im Zorn wertend ihre Augen zusammen, bis sich die Brauen schon beinahe berührten und sie überlegte angestrengt und verkrampfte ihren Kiefer und schwieg wertend.

„Rebekka! Das ist er Euch schuldig. Ich weiß, dass es kein Leichtes ist gerichtlich gegen seinen Vater vorzugehen, doch er muss endlich einmal Farbe bekennen", versuchte Sabrina, ihre Nichte zu überzeugen.

Rebekka fragte sich jedoch, warum ihre Tante so bitter und verzweifelt klang. „Hatte sie vielleicht größere Geldsorgen?"

„Ich werde erst mal mit Mara darüber sprechen und melde mich später", antworte sie, Rebekka und legte abrupt auf.

Der Morgen hatte natürlich seine atmosphärische Leichtigkeit verloren und Rebekka begann wertend und ernsthaft zu grübeln; einerseits über den wertlos drohenden Druck, den ihre Tante ausübte, andererseits wie sie ihr, Mara geschickt von dem wertvollen Grundstück berichten sollte, denn bis zu diesem damals gegenwärtigen Sonntag im September wusste sie, Mara nichts von einer solch wertvollen Geldanlage oder den genauen Wert dieses Grundstückes.

Sie, Mara schlief währenddessen weiter und als sie, Rebekka das Frühstücksgeschirr aufgewühlt spülte, dachte sie über den materiellen Wert dieses Grundstückes nach und sie, Rebekka grübelte über den törichten Wert des wertlosen Drucks, den ihre Tante ausübte und sie, Rebekka überlegte, ob es einen Wert für sie, Rebekka und Mara hätte, klagend zu einem Anwalt zu gehen und ihren, Rebekkas und Maras, Vater Werner wegen des verschwiegenen Grundstückes zu belangen.

Bei diesen Überlegungen wertete sie, Rebekka ihren Vater ab als eine absurde Gestalt, die lediglich aus Trug und trügerischen Narrheiten bestünde und bei diesen Berechnungen über den Wert des Grundstückes, dachte sie, Rebekka wertend über die unverständliche Distanziertheit ihres Vaters nach und sie wertete immer mehr und fortwährend: „Er hat nie gezahlt. Er hat sich nie interessiert. Er weiß ja noch nicht einmal, was Mara studiert."

Und sie, Rebekka wertete ihn, Werner als absolut Schuldigen, der sinnwidrig die zarten Fäden der Kommunikation die noch zwischen ihnen bestand, fortwährend kappte und sie, Rebekka war der festen Überzeugung, dass er, ihr Vater ihr, Rebekka und ihr, Mara das wertvolle Grundstück absolut schuldig sei.

Diese abwertende Wut ihrem, Rebekkas Vater gegenüber stieg fortwährend und unaufhaltsam in ihr, Rebekka auf.

„So ein Arsch. Ein Feigling und ein Großschwätzer", schimpfte sie wertend.

Aus diesem wertenden Zorn heraus, beschloss sie, Rebekka unverzüglich und umgehend zu ihm, Werner zu fahren und endlich die aufdeckenden Fakten über das Grundstück zu erfragen und aus dieser wertenden Empörung heraus, beschloss sie, Rebekka rasend vor Wut ihn, Werner zu konfrontieren.

Als Rebekka unbeherrscht und voller Entrüstung die gewöhnlichen Stufen zur normalen U-Bahn-Station Stadtmitte hinabstieg, murmelte sie erbost und abwertend. „Der immer mit seinen pseudoschlauen Sprüchen und seinem dämlichen Gequatsche über die Welt und gar nichts davon hat ansatzweise Hand und Fuß. Aber mal etwas Sinnvolles machen, sich mal am Leben seiner Töchter beteiligen, da hat er immer nur den Schwanz eingekniffen."

Im Sinne ihrer, Rebekkas verbitter und abwertenden Verärgerung schritt sie, Rebekka immer schneller und sie, Rebekka lief fortwährend hasserfüllter die Stufen zur normalen U-Bahn-Station Sprungpfuhl hinauf.

„So ein Arsch!", flüsterte sie immer wieder und im Sinne ihrer wertenden Missstimmung schritt sie so geartet zügig zum gewöhnlichen Plattenbau in dem er, Werner trostlos ein normales Leben fristete und sie, Rebekka stolperte mehrere Male und fiel beinahe zu Boden.

Sie klingelte forsch, doch niemand betätigte den Türsummer. Sie schellte abermals entschlossen, doch wieder keine Regung auf ihr ungeduldiges Läuten. Und sie, Rebekka drückte erneut den normalen Knopf an der normalen Klingel, dieses Mal nun völlig außer sich und sie drückte noch fester den normalen Knopf der normalen Klingel und trotz ihrer penetranten Versuche öffnete niemand die Tür.

„Ungewöhnlich für diese Zeit", wertete Rebekka diese Stille. „Einkaufen oder Ähnliches kann er nicht sein, heute hat alles zu."

Rebekka kramte versessen in ihrer normalen Tasche nach dem, in diesem damals gegenwärtigen Augenblick wertvollen Ersatzschlüssel, den sie einst für Notfälle erhielt.

„War das ein Notfall?", fragte sich Rebekka und wühlte weiter missgestimmt, bis sie den wertvollen Schlüssel in der untersten Ecke ihrer Tasche fand. Die normale Tür öffnete sich und sie, Rebekka fuhr mit dem normalen Fahrstuhl bereit zu einer längst überfälligen Auseinandersetzung in den dreizehnten Stock und erneut betätigte sie, Rebekka heftig und blindwütend die normale Klingel und abermals war keine Reaktion aus dem Inneren zu vernehmen.

Nachdem sie, Rebekka das Schloss ruckartig öffnete und nachdem sie, Rebekka die normale Tür langsam aufschob, nahm sie eine tiefverbreitete Dunkelheit wahr und ein stechend schwebender Geruch nach verfaultem Obst stach ihr schlagartig entgegen. Sie sah benutztes Geschirr im Wohnzimmer und sie wertete, dass dieses schmutzige Geschirr bereits einige Tage dort stehen müsse: „War er denn ausgegangen?", fragte sie sich und „ganz untypisch", werte sie.

Der säuerlich schwebende Geruch und diese Art abgestandene Wolke, als seien Tausende von Äpfeln am Verrotten, intensivierte sich fortwährend und erweckte tiefsitzenden Ekel und drang beißend in jede Pore ein, als sie, Rebekka das normale Wohnzimmer durchquerte und zur normalen Küche gelangte.

Plötzlich erschrak sie, Rebekka und der Atem blieb ihr stehen. Die Luft schien eine Art erstickende Masse geworden zu sein, wodurch sie einige Momente brauchte, um zu begreifen, wo sie sich befand. Dann sah sie, Rebekka ihn, eine bleiche Totenfratze und sie, Rebekka sah ihn, Werner ausgestreckt auf den kalten Kacheln liegen. Ein schockartiges Einatmen schnürte Rebekka die Kehle zu, bis sie ruckartig einen ungewöhnlich schrill hauchenden Schrei preisgab.

„Papa?", ihre Stimme überschlug sich.

Rebekka sah ihren Vater und sie, Rebekka sah ihn, Werner zu diesem damals gegenwärtigen Moment dort liegen, grausig erstarrt, allein, leblos neben dem normalen Küchentisch und sie, Rebekka verkrampfte zitternd ihre Hände und sie, Rebekka schlug ihre Hände auf der linken Brust zusammen und bittere Tränen traten ihr in die Augen.

„Papa?", wimmerte sie.

Sein Gesicht schien zu einer blassen Fratze verzerrt. Ein greisenhaftes Antlitz umhüllte seine Erscheinung zur eingefallenen Maske und die Farbe seines Gesichts färbte sich aschgrau und war bleich. Seine rissig hängenden Lippen zeigten eine leicht bläuliche Tönung und sein Mund stand halb geöffnet. Die aufgerissenen Augen starrten unheimlich leer und leblos ins Nichts.

Rebekka schluchzte benommen und ihre Balance geriet in einen wankenden Strudel, sodass sie sich setzen musste, als sie ihr normales Handy aus der normalen Tasche zog. Sie sah sein glattes graues Haar, das bizarr am Fußboden klebte und Rebekka sah ihn an, wie er dort entstellt und karikiert ohne Leben lag, in seinem zerknittert schmutzigen, blauen Jogginganzug, auf dem sich getrocknete Bratensoße verteilt hatte und sie rief umgehend den Rettungsdienst.

Der Krankenwagen kam nach wertlosen acht Minuten und in dieser wertlosen Zeit saß Rebekka entsetzt über diesen Anblick, neben ihrem Vater auf dem Boden und Rebekka saß gelähmt mit gekrümmten Rücken da und dachte über den Wert seines, Werners Leben nach und ihre zuvor abwertende Haltung verblasste allmählich, wie Werners Leben und er tat ihr entsetzlich leid.

So sinnierte Rebekka über den Wert seines, Werners normalen Lebens und sie, Rebekka erkannte verbissen, dass das wertvollste, das er, Werner in seinem normalen Leben besessen hatte, ihre, Rebekkas und Maras Mutter war und sie dachte über den wirklichen Wert seines, Werners normalen Lebens nach und Rebekka erkannte das der einzig erfüllende Wert, den er, Werner als erhaben wertvoll in seinem normalen Leben betrachtet hatte, ihre, Rebekkas und Maras Mutter war und es tat ihr unsagbar leid, wie böswillig und vernunftwidrig abwertend sie, Rebekka noch einige Augenblicke zu vor über ihn dachte.

***

Sieben Tage nachdem Rebekka ihren Vater trostlos im Tode und unwürdig auf dem Küchenboden in der grau-muffig normalen Plattenbau-Wohnung entdeckte, fand wie gewöhnlich eine Beerdigung statt.

Er, Werner wurde entsprechend seinem sogenannten letzten Wunsch auf einem kleinen Friedhof in Köpenick beerdigt, dort wo auch ihre, Maras und Rebekkas Mutter einige Jahre zuvor begraben wurde.

Werner starb mit zweiundsechzig Jahren an Herzversagen, wie die zügig verlaufende Obduktion befand und die wenigen Menschen, die auf der Beerdigungsfeierlichkeit anwesend waren, meinten allesamt, er starb an einem traurigen Herzen.

Beim Leichenschmaus waren normale Leben anwesend, die Mara zuvor noch niemals bewusst gesehen hatte. Unter ihnen befanden sich drei normale Arbeitskollegen, denen Mara durch ihre gebleichten Gesichter und ihrer gekrümmten Haltung ansah, dass sie ihr Leben lang körperlich gearbeitet hatten. Werners ehemaliger Chef aus der Tischlerei, der durch sein starkes Rauchen eine in Falten geschlagene graue Haut besaß und von einem beißenden Hauch abgestandenem Zigarettenqualm umgeben wurde, sprach Mara Gegenüber als Erster sein Beileid aus.

Eine ehemalige Schulkameradin und zwei anscheinend gute Freunde von Werner, die Mara bis dahin ebenfalls fremd waren, standen stillschweigend neben ihrem Cousin, Karl der sich offensichtlich ebenfalls unwohl fühlte. Sie verließen diese sogenannten Feierlichkeiten bereits nach dem lauwarm getrunkenen Kaffee.

All diese normalen Leben klagten grotesk über den schmerzlichen Verlust Werners und ganz besonders makaber und am lautesten klagte Sabrina auf lächerliche Weise und in abstoßender Manier, über sein, Werners unnötiges Dahinschreiten in ein Existenz auslöschendes Nichts und Mara erschienen ihre verweinten Augen mit der fratzenhaft verschmierten schwarzen Tusche als eine schrullige und heuchlerische Maske, die zum verschleiernden Schauspiel getragen wurde. Denn sie, Mara hatte kurz zuvor, bei der Testamentseröffnung durch Sabrina auf empörend schimpfende Weise von dem Grundstück ihres Vaters erfahren und ihre Tante verfluchte ihren Bruder fürchterlich, da sie, Sabrina mit keinem ihr, wie sie fand, zustehendem Wort im Nachlass Erwähnung fand.

Mara wertete dieses trügerische Klagen auf der Beerdigung als äußerst geschmacklos von ihrer Tante, die sich heulend und flehend in die Arme der Anwesenden stürzte und Mara wertete die rühmenden Worte der anderen anwesend normalen Leben als höfliche Verlogenheit, denn niemand hatte zu Lebzeiten gern bei Werner Stunden verweilt, noch freiwillig nach seinem Befinden gefragt.

Alle normalen Leben waren sich über diese wahrhafte Tatsache im Klaren, denn er, Werner war ein abwertender und wertend normaler

Mensch gewesen, der cholerisch, empathielos und zu weilen verschroben niemanden zuhören konnte und auch an keinem anderen normalen Leben Interesse zeigte, weshalb sich niemand freiwillig oder gar wohlwollend bei ihm, Werner aufhielt, geschweige denn gern ein monologisches Telefonat über sich ergehen ließ.

Mara vermisste ihre Mutter schrecklich. Sie saß schweigend am Tisch, völlig gesättigt von den ihr wertlos erscheinenden und bizarr verdrehten Tiraden der Anwesenden und zwang sich appetitlos einen trockenen Kuchen hinunter.

Trübselig und enttäuschend sah sie, Mara sie, ihre Schwester Rebekka abwertend an, wie sie sich herzlich und augenscheinlich ergriffen mit dem ehemaligen Chef Werners unterhielt und sie, Mara wurde zunehmend erzürnter, dass sie, Rebekka so lange bezüglich des Grundstückes geschwiegen hatte und ihr, Mara dadurch Meinungs- und Handlungsunfähigkeit absprach. Mara fühlte sich nicht ernst genommen und unehrenhaft verraten und von ihr, Rebekka würdelos als unmündig abgewertet.

Sie, Mara fasste daraufhin einen Entschluss. Sie, Mara würde die Hälfte des Geldes nehmen, das Werner ihr hinterlief und nach Asien fliegen. „Am besten nach Indien", beschloss sie. „Oder nach Südamerika?", dachte sie „vielleicht Peru?"

Sie, Mara entschied, in die normale Wohnung ihrer Schwester zu fahren, um zu packen. Wohin genau sie gehen sollte, wusste sie zu dem damals gegenwärtigen Moment noch nicht, doch sicher schien ihr das wertvolle Gehen. Ihr Cousin Karl, der sie beim Anziehen der Jacke beobachtete, bot ihr an, sie zu begleiten. Und so machten sich beide auf den Weg nach Mitte.

***

Nachdem sie, Mara und Karl in der normalen Wohnung ankamen, setzten sie, Mara und Karl, sich fortwährend schweigen in das normale Wohnzimmer auf das normale Sofa und was folglich geschah, kann ich lediglich erraten, da sie, Mara sich über die Geschehnisse an diesem damals gegenwärtigen Abend nie klar ausdrücken konnte.

Sicher scheint nur das er, Karl ihr, Mara fanatisch fremd und merkwürdig exzentrisch erschien und der Gedanke er, Karl sei tatsächlich derart mitgenommen von dem Tod seines Onkels Werner schien ihr, Mara absurd und ganz und gar nicht zutreffend. Sie, Mara verriet mir lediglich, dass auch sie, Mara sich irgendwie entrückt fühlte, nachdem sie, Mara ein von ihm, Karl gebrachtes Glas Wasser trank, das einen zarten kaum wahrnehmbaren süßlichen Geschmack enthielt.

Ein durchzuckendes Kribbeln, fast jenem Kribbeln einer zarten Berührung, trieb folglich in ihrem Bauch empor, nachdem sie das Glas leerte und sie, Mara wurde auf sonderliche Weise zunehmend erregt. Ein mir beschriebener zehnminütiger Zustand ließ sie seltsam redselig werden und eine anregend entfachende Hitze umschloss ihren Körper. Ihr Herz begann aufgeregt zu schlagen und ihre Hände wurden schwitzig und um ihren Kopf hüllte sich eine angenehme Heiterkeit. Doch danach verblassten ihre Erinnerungen in ein verzerrtes Nichts, denn sie, Mara fiel schlagartig in einen ohnmächtigen Schlaf.

Sie sagte mir niemals, was nach diesem irrealen Schlummer geschah. Nur nachdem sie, Mara exakt vier Stunden später erwachte, ging sie ins Badezimmer. Als sie sich die Hände wusch und aus der Toilette kam, schlug sie, Mara ihn, Karl der hockend vor dem Schlüsselloch verweilte, die Tür vor den Kopf, als sie, Mara diese öffnete. Ihr wurde zunächst nicht ersichtlich, warum er, Karl da hockte. Doch dann wurde ihr schnell klar, dass er, Karl sie, Mara durch das Schlüsselloch beobachtete, da er, Karl, nachdem sie, Mara ihm die Tür vor den Kopf schlug, aus der hockenden Position zurücksprang und sie, Mara erschrocken ansah.

Mara brüllte Karl an. Und ohne ein Wort, ohne die geringste Verteidigung seinerseits schnappte er seine Sachen und verschwand im Treppenhaus. Mara kreischte ihm noch hinterher, doch Karl sprang so schnell die Stufen hinab, dass ihre Schreie im Treppenhaus verhallten. Sie, Mara fühlte sich seltsam aufgewühlt und benommen.

Sie, Mara setze sich in die normale Küche und trank einen Tee. Nachdem sie sich wieder etwas beruhigte, ging sie, Mara ins Bad und betrachtete mich im Spiegel.

Sie sah eindringlich hin und sie starrte mich genaustens an und sie blickte mir fest entgegen. Ihre blauen Augen flackerten im Schatten des Badespiegellichts. Mara schwieg und starrte mich weiter nur an.

„Anya?", fragte Sie, Mara mit leicht zitternder Stimme.

„Ich bin nicht Anya", erwiderte ich und sagte weiter „Sieh mich doch an!"

Sie, Mara schwieg. Und sie, Mara starrte mich weiter mit diesen wunderschön aufgerissenen Augen und ihrem so naiven Blick im Spiegelbild an.

„Erkennst du es denn immer noch nicht", fragte ich sie, Mara erneut.

„Schau genau hin. Schau in unser Spiegelbild", ermutigt trat sie einen Schritt auf uns zu.

Sie, Mara starrte weiter.

„Du bist ich", gab sie, Mara endlich erkennend zu.

„Ich bin du", wiederholte ich ausdrücklich.

Wir nickten einverständlich.

Endlich erkannte sie, Mara mich und endlich erkannte sie, Mara ihr Selbst. Nun sah sie, Mara mich, ihr Innerstes. Nun war der gewisse Punkt endgültig erreicht, der das normale mit dem unnormalen verband und das sinnlose zum sinnvollen verhalf und das gewöhnliche zum ungewohnten werden lief und das Offensichtliche sichtbar machte und das Unbewusste zum Bewusstsein erhob und den Wert des gewissen Punktes festigte. Und Mara erkannte mich, ihr Alter Ego. Sie verstand nun und integrierte mich, ihre getrennte Seele.

Mich, Anya.

Mich, Mara.

Mich, Selbst.

Zu diesem damals gegenwärtigen Zeitpunkt überschritt Mara zum letzten Mal den gewissen Punkt, nachdem sie, Mara unzählige unnormale Punkte zuvor begriff und durchlebte.

Sie, Mara unterschied das Normale von dem Unnormalen und sie, Mara gewöhnte sich an das Ungewöhnliche, nachdem sie, Mara die Sinnhaftigkeit des Sinnlosen vom Sinn unterschied. Von diesem anfänglich gewissen Punkt an, wurde die Gewissheit ihrer Punkte zunehmend sichtbarer und ihre Wesentlichkeit trat fortwährend in eine Bewusstheit, die Mara nur noch auf ihre Wertigkeit hin, zum gewissen Punkt brachte.

Fast ein gesamtes Jahr dauerte letztendlich die Überquerung der sieben Punkte, die Mara ganz und gar von einem normalen Leben in ein unnormales Leben half. Sie wendete sich also von den normalen Punkten ab und überschritt die sinnlosen Punkte und folglich erkannte sie das Gewöhnliche, weshalb sich ihre Sicht aufklarte und so ihr Wesen in ein bewusstes Sein übertrat, in dem sie,

Mara sich letztendlich wertend von der normalen Welt ab wand und mich selbst mit ihr verband.

Mara erkannte den Wert eines eigenen Lebens vom Selbst bestimmt und so schrieb sie, Mara ein letztes Mal an mich:

Der Horizont war grau, der Muff stets streng.

Die Leidenschaft nur lau,

Der Wille fast gedrängt.

Die Mitte gar ver-rückt,

In Freiheit ganz entzückt.

So ziehe ich in die Welt,

mein Selbst und mich im Glück,

Ich bin mein eigener Held,

und wer weiß, vielleicht kehre ich ja nie mehr zurück.

Heute, nachdem die vielen unnormalen Punkte überschritten, und das normale Leben gelebt und der gewisse Punkt längst zum unnormalen Leben gehört, höre ich sie ab und zu noch protestieren.

Wenn ich ganz ruhig in mich gehe und meine Umgebung keinen Ton zu lässt und wenn ich ganz still dasitze und so vertieft in mich hinein lausche, dann höre ich Sie, mein Inneres und lasse es gewähren.

Ich höre Sie, Mara wie sie schreit und fleht und endlich wieder zu Wort kommen will. Ich höre sie, Mara wie sie verhandelt und diskutiert und sich lenken will.

Dann gehe ich zum Spiegel und betrachte uns. Ihre, Maras Stimme wird dann zunehmend lauter und meine Mundwinkel beginnen zu zucken. Ganz zart und doch kaum wahrnehmbar. Ich spüre ihre Kraftanstrengung und beinahe meistert sie, Mara es, sich wieder Gehör zu verschaffen. Doch dann drücke ich sie einfach erneut runter und lasse sie meine Macht spüren und ihr, Maras Wille vergeht schnell wieder. Sie hat einfach kein Geschick gegen mich.

Ich liebe dieses Spiel, wenn ich Sie, Mara dann doch nicht zu Wort kommen lasse. Sie bleibt einfach stumm und sie, Mara bleibt ganz still und ihre, Maras Schreie sind lautlos.

- ENDE -